草色遥看集

周克希 — 著

华东师范大学出版社

图书在版编目（CIP）数据

草色遥看集/周克希著. —上海：华东师范大学出版社，2016
ISBN 978－7－5675－6000－0

Ⅰ.①草… Ⅱ.①周… Ⅲ.①随笔-作品集-中国-当代
Ⅳ.①I267.1

中国版本图书馆 CIP 数据核字（2017）第 000148 号

草色遥看集

著　　者　周克希
策划编辑　许　静
项目编辑　陈　斌　乔　健
审读编辑　陈锦文
责任校对　王丽平
封面设计　吴元瑛
内文设计　卢晓红　吴元瑛

出版发行　华东师范大学出版社
社　　址　上海市中山北路 3663 号　邮编 200062
网　　址　www.ecnupress.com.cn
电　　话　021－60821666　行政传真 021－62572105
客服电话　021－62865537　门市（邮购）电话 021－62869887
地　　址　上海市中山北路 3663 号华东师范大学校内先锋路口
网　　店　http://hdsdcbs.tmall.com

印 刷 者　上海中华商务（联合）印刷有限公司
开　　本　890×1240　32 开
印　　张　6
插　　页　4
字　　数　114 千字
版　　次　2017 年 7 月第 1 版
印　　次　2017 年 7 月第 1 次
书　　号　ISBN 978－7－5675－6000－0/Ⅰ·1638
定　　价　39.00 元

出版人　王　焰

（如发现本版图书有印订质量问题，请寄本社客服中心调换或电话 021－62865537 联系）

目录

一、我心目中的翻译　1

　　在自信和存疑中前行　3
　　从《译边草》谈起　10
　　文采来自透彻的理解　21
　　翻译是力行　32
　　文学翻译十二题　41

二、不老的小王子　49

　　有的书不会老　51
　　《小王子》九问　57
　　"大王子"是个败笔　66

三、说不尽的普鲁斯特　73

时间在艺术中永存　75
《去斯万家那边》出版前后　84
诗意从劳作中萌生　92
人生太短，普鲁斯特太长　98
在意文学——谈《追寻逝去的时光》读本　108

四、草色遥看近却无　113

我的"承教录"　115
菌子的气味　123
为看小说而学法语　126
生活意味着有你　133
译之痕　138
漫忆琐记　174

一、我心目中的翻译

在自信和存疑中前行

翻译和读书,都要靠感觉。感觉,是第一位的东西。

什么是感觉?对诗人而言,席勒说:开始是情绪的幻影,而后是音乐的倾向(disposition),然后是诗的意象。对雕塑家而言,用罗丹的话说,感觉的过程就是去除没用的泥巴的过程。对译者而言,感觉就是找出文字背后的东西的过程。不敢说"还原作者感觉的过程",但应尽可能去感觉作者曾经感觉到的东西(还是傅雷的那句话:假定作者是中国人,他会怎样说、怎样写)。有时靠的是一种直觉,这时不妨说,"猜"也是一种寻觅感觉的手段,但那是"最后的一招"(习武之人所谓积平生之学的险招)。

感觉是来之不易的。感觉意味着身心的投入。要能到达"蓦然回首,那人却在灯火阑珊处"的境地,第一须有一番"为伊消得人憔悴,衣带渐宽终不悔"的努力,第二须是在"灯火阑珊处",而不是在觥筹交错、灯火通明的热闹场所。

感觉有时是一种积淀。不同的人可以有很不一样的感觉,原因就在于此。余光中在一篇文章中写到,台湾声乐家席慕德请计程车司机调低音量,司机问:"你不喜欢音乐吗?"席只能回答:"是啊,我不喜欢音乐。"两人对"音乐"的感觉可以如此不同。

感觉有时是一种体验。不到那个境地,找不到那个感觉。荒诞派剧作《等待戈多》在北京首演时,恶评如潮。后来去一所监狱演出,所有的犯人看了都哭了。导演邵泽辉说:"这是当时真正能体会这部荒诞剧的观众。"

感觉有时是受启发而萌生的。我翻译的普鲁斯特《追寻逝去的时光》第一卷出版后,有位细心的读者来信指出一处理解问题。那是在第一部"贡布雷"中,主人公待在"那个闻得到鸢尾花香的小房间里"的一段写得很晦涩的文字。来信提醒、帮助我捉摸到了其中青春萌动的感觉。修改后的译文仍保留了表面的晦涩,但先前挡在文字跟前的障碍,现在撤除了。作者不愿明说的东西,读者应该可以从译文咂摸出是怎么回事了。

翻译实践中,我觉得有个重要的原则,就是存疑。感觉往往不是一下子能够到位的,所以要存疑。从存疑到释疑,往往是寻找感觉的过程。

自信和存疑,是一对需要处理好的矛盾。一个译者,既要自信又要善于存疑。自信是什么?自信就是要有"藏名一时,尚友千古"这样一种定力。人要有自信,不能妄自菲薄。人们常说当年翻译如何如何好,看看傅雷的信,就可以知道,众多译家在那时是被他说得一无是处的。傅雷在写给宋淇的信中写道:"昨日收到董秋斯从英译本(摩德本)译的《战争与和平》,译序大吹一阵(小家子气!),内容一塌糊涂,几乎每行都别扭。董对煦良常常批评罗稷南、蒋天佐,而他自己的东西亦是一丘之貉。想不到中国翻译成绩还比不上创作!大概弄翻译的,十分之九根本在气质上是不能弄文艺的。"我这里不是要说某人译得怎么不好,而是要说在我们想象中的黄金时代,傅雷是怎么看翻译的,这么一想的话,我们就应该有些底气,有些自信,因为时代毕竟在前进。但自信的同时还要不断存疑,要瞻前顾后、左思右想,战战兢兢、如履薄冰⋯⋯

多存疑,才会多查问:查词典等工具书、有关的书籍、画册⋯⋯还可以问问懂的人。在《追寻逝去的时光》第三卷中提到 quelque Louvre(相当于英文 some Louvre)。"某个卢浮宫"?不像话。"从前的卢浮宫"?似乎也有点含糊其辞。查了 petit Robert II 才明白,卢浮宫始建于 1204 年时的格局,是"一座主塔周围有围墙的城堡",到十四世纪查理五世时,才改建成适于日常起居的王家建筑。明于此,就会译作"某个时期的卢浮宫"。

我们此刻所在的上海图书馆,门口的大型雕塑铭牌上刻着 The large Thinker,这个英文名称似应置疑。罗丹的《思想者》,法文是 Le Penseur,英文通常译作 The Thinker。雕塑有"小样"之说,而运至上图的是大件雕塑,从铭牌上的文字看,"the large Thinker"似乎是一个句子中的几个词(有上下文,看上去好像是从一封信中摘取的),会不会是"这尊大件的《思想者》"(意即不是"小样")呢?large 的开头是小写字母,俨然也在透露这般的信息。

为释疑,要"不惜工本"。弄明白一个词的含义,看懂一个句子的意思,写一条注释,都可能要踟蹰良久、遍查各书。翻译的过程,有时是个"破解"的过程。破解的结果,看似当然,但当时往往很茫然。同时面对好几个问题,容易乱了方寸。

存疑,还是个不以出书为终点的过程。修订旧译旧著,正建立在不断置疑、存疑的基础上。拙译文集的修订,就是这样的过程。《包法利夫人》、《小王子》等作了修改,《基督山伯爵》、《幽灵的生活》过去是与人合译的,这次都是重译半本、修改半本。《译边草》删去不少内容,也增添了一些内容。

翻译的状态,有点像做工。状态有好有坏,译长篇尤其如此。若印象鲜活,对原文有尽在掌握中之感,则是最佳状态,但即便如此,初稿仍需打磨,有时仍须存疑。何况最佳状态难得有。所以存疑可说也是翻译原生态的组成部分。

举个《小王子》里的例子。里面有只狐狸希望小王子 apprivoiser 它。一开始我觉得,若译"驯养",好像跟全书明白如话的翻译基调有点"隔",所以就译成"跟……处熟",后来又改译"跟……要好"。最后,问了母语是法语的朋友,又问了年龄跟小王子差不多的小朋友,终于决定仍译成"驯养"。一次讲座上有读者问,这么改来改去,我们买了前面一版的,怎么办呢?我真的觉得很抱歉。作为译者,有两种做法,一种是出了书就撒开不管了,另一种是继续存疑,不断修改。我总是在不断地想和改。于是之在告别演出《茶馆》落幕后,对观众说:谢谢你们的宽容。

我也想对读者说：谢谢你们的谅解和宽容。

所谓文采，并不等于清词丽句，不是越华丽越有文采。文采，首先是准确，准确产生美。我是学数学出身，特别欣赏英国数学家G. H. Hardy说的那句话："美是首要的检验标准，丑的数学是没有安身立命之地的。"而数学中的美，就是准确的升华。

既然是文学翻译，就要把原作者的文采，经过译者传递给读者。按照这一逻辑，译者最好的状态应该像一块玻璃，读者可以透过玻璃看到原作、看到作者。这实际上很难做到，或者说是不可能完全做到的。不同的翻译作品总会有译者的痕迹。我年轻时喜欢傅雷、王科一，一方面我喜欢他们的翻译对象，喜欢巴尔扎克、罗曼·罗兰，喜欢简·奥斯丁；但另一方面也是喜欢傅雷，喜欢王科一，他们的文风多多少少对我有影响。如果问我在翻译中所追求的境界是什么，我想就是尽量把个人的痕迹减弱一些。所以我常常说，译者一般总得是"性格演员"（假想自己就是作者或作品中人物），而不能老是"本色出演"。

普鲁斯特的小说 *A la recherche du temps perdu*，过去的中译本译作《追忆似水年华》，很美，且字字有出处（李商隐句"此情可待成追忆"，《牡丹亭》句"似水流年，如花美眷"），但我觉得这个书名的缺点，在于不准确。普鲁斯特在去世前见到英译本书名 *Remembrance of Things Past*。这个英文译名，出自莎士比亚十四行诗,且首字母与法文原书名的实词首字母一样(都是 R、T、P),在翻译上真有点像"绝配"。可是普鲁斯特非常不满意,认为"这下子,书名全给毁了。"1980 年代新推出的英译本,舍弃了这个"看上去很美"的书名,用了一个更贴近法文书名的译名 *In Search of Lost Time*。为什么对前面那个译名,普鲁斯特那么不满意呢?很可能在他心目中,有一个最为核心的概念,那就是柏格森和海德格尔所说的时间概念。译得那么华丽,却把时间概念取代掉、模糊掉了,这是他不能忍受的。

涂卫群是研究普鲁斯特的专家,也是我神交已久的朋友。在我的翻译过程中,她自始至终对照原著校阅我的初稿,不断给我提出意见。今年我们第一次见面,她就说:"你不觉得书中随处都有 comique 的东西吗?"我想她是说幽默,可她说:"嗯,不完全是幽默,就是可笑。你不觉得普鲁斯特笔下的'我'这个主人公很滑稽很可笑吗?"我想想的确是这样。甚至他的书名有时也颇为 comique。比如第二卷的书名,在法国我向研究普鲁斯特的专家请教时,有两位专家在不同的场合不约而同地用了同一个词,说普鲁斯特第二卷的书名很 ridicule(滑稽)。这对我启发很大。这个书名不好译,最早的中译本译作《在簪花少女身旁》,很容易让人想起中国的古典美女。后来常见的译本译作《在少女们身旁》,这个书名则有所缺失,没有把原文中"à l'ombre de (在……的影子或庇荫下)"的意思(或者说意象)译出来。后来我译成《在少女花影下》,自己觉得表达了几分那种说不清道不明的滑稽。华丽两个字不足以说出普鲁斯特的好，如果一定要说，倒是韩愈说的"雄深雅健"，庶几近之。普鲁斯特在现代派文学里确实是个奇妙的存在，说实话，倘若没有审美舒适，我是不可能坚持译出厚厚的三卷《追寻逝去的时光》的。

据2012年6月在上海图书馆讲座上与刘绪源对谈的记录稿整理。对谈中刘先生所谈的内容，整理后已收入《我之所思》等集子。以上整理稿，仅保留了我所谈的部分内容。

从《译边草》谈起

张　颖：《译边草》是您从事文学翻译工作以来自己写的第一本书，您是怎么会想到停下翻译工作来写这本书的呢？

周克希：是受朋友的撺掇、鼓励而写的。当时译事正好有空隙，《追寻》尚未上手，晚报杨晓晖来约稿，就陆续写了起来。没有她的鼓励，不会有那一篇篇短文，也就不会有这本书。

张：出了这本书之后您有了翻译家和作家的双重身份，您更喜欢哪一个身份？

周：仍觉得自己是个译者，若要带个"家"字，那就是翻译家吧。

张：那您觉得作者和译者的不同之处在哪些方面？共同之处又有哪些呢？

周：作者是创作，"无中生有"。译者是再创作，前提是尊重原作文本的"有"。而共同之处是：都是创作，翻译尽管是"二度创作"，但译者的才情同样大有用武之地，他所体验的甘苦，也是一种创作的甘苦。翻译不是"外文+中文"的物理反应,而是化学反应,要加催化剂。"化学反应"就是再创作。

张:这本书的创作过程,给您带来的哪些感受和体验,是在翻译工作中所没有的,或者说是不能达到的?

周:写这些篇什是有感而发,但毕竟我对文学、对翻译缺乏研究。对一个译者来说,力行比"研究"更重要。译者,还是要靠译品说话。

张:您是从什么时候开始着手创作《译边草》的?

周:第一篇文章好像是2000年写的,或者再稍早些。

张:创作《译边草》的初衷是什么?最想呈献给读者的是什么?

周:初衷是有感于译者与读者的交流太少。译者是"一仆二主",他既得考虑作者,又得考虑读者。让"读者"这个主人多少了解一点自己是怎么工作的,很有必要。译者应该有这份真诚。

张:我们看到这本书里面不仅有您自己翻译的一些趣事,还有很多对比翻译准确性的例子。这些详尽的例子,您是一一都翻阅的吗?其中有什么故事吗?

周:有些是多年来积累、印象很深的内容(如写傅雷、王科一及黄子祥和《苹果树》的段落),也有些是"现贩现卖",从别的书上转引的(如苏秀的"my sweet eyes",叶君健的"冒号论")。

张：我们知道周老师开始是学数学的，然后在去巴黎高师进修时接触翻译，后来放弃数学专心做翻译。这些过程在《译边草》中有所提及，但笔触都是淡淡的。这种淡，是不是就是您在文中提到的译者的气质？我想当中应该会有很多曲折和纠结，能否给我们讲一下这当中的曲折？

周：淡，是一种审美趣味。我喜欢归有光、汪曾祺、孙犁，喜欢这一路子的文风。译者的气质，我以为可概括成善感和耐静。译笔是淡是浓，要视作品而定，我也不是一味地淡，如《包法利夫人》似乎就不能说淡，《王家大道》则有点接近粗犷了。

　　人在数学系，心在文学翻译，有点"身在曹营心在汉"的味道。公派出国进修数学两年，刚回国就走，好像对不起学校。于是一边教学，一边带研究生，报效学校多年后才正式转行。幸而华东师大对我很谅解。自己心路历程上有曲折，现实生活中曲折不多，也许是天意如此吧。

张：我们看到在书中您有一处用到"清苦"这个词，说翻译是寂寞而清苦的。您这里表达的更多的是"苦"还是"清寂"？

周：这是在书末"代后记"中写的。整段话是这样的：里尔克曾在给一个青年诗人的信中写道："你要爱你的寂寞。"我觉得这话就像是对今天的译者说的。翻译，寂寞而清苦；但是，能把职业当作事业,能使技术成为艺术,能在工作中找到乐趣,能从苦中尝到甜的滋味,又何尝不是人生的一种幸福呢?

张:在这本书第一章的"翻译要靠感觉"中,说翻译要靠感觉,感觉是一种才能。您认为感觉是好译者与生俱来的一种特质呢,还是可以后天培养的?您是从什么时候意识到这一点的?

周:不可否认,有的人天生感觉比较敏锐,这些人当作家、翻译家,自然有得天独厚的优势。多年前和王安忆一起吃饭,过后不久在她的小说中见到人物融合在似曾相识的场景之中,觉得很美妙。

但我想,感觉的敏锐度,在很大程度上还是磨炼出来的。沈从文给学生出的作文题"记一间屋子里的空气",完全是训练感觉敏锐度的。王安忆写得美妙,一则是才能,二则也是因为她比我们用心。

张:其中还有一篇蛮有趣的,叫"查词典这道坎"。在您翻译的过程中,是否碰到过这种难以下手的时候呢?比如说?

周:鲁迅的名言"词典不离手,冷汗不离身",我不敢忘记。翻译过程中,时不时会遇上或明或暗的"坎"。对付的办法是多存疑,勤查书(工具书,包括词典)。我当然也"绊"过。如《追寻》第一卷提到贡布雷的 le Calvaire,词典上有释义

"髑髅地,耶稣受难像"等。但一开始,我觉得在户外,上有树林前有池塘,不大可能是雕像,就先音译为卡尔韦尔山。后来在 Google 上看了图片,又找了贡布雷的示意地图,才最后译为"耶稣受难像"。希望以后有机会时,再能请教一下伊利耶—贡布雷当地的朋友。

张:第二章"译书故事",写的是您在以往翻译一些名著的过程中,遇到的一些问题和感悟。我们看到每一部作品都能给您带来对翻译的新的认知。您能不能和我们分享一下,在您翻译的作品中,哪部作品是最让您难忘的?哪部作品又是给您带来麻烦最多的?

周:译出的作品,有如自己的孩子,个个都难忘。有些因耗费心血更多(如《包法利夫人》,如《追寻逝去的时光》第一、二、五卷),有些因所处环境比较特殊(如翻译《不朽者》的四年期间,母亲父亲相继去世)而更难忘一些。

  作品也如孩子一样,让你烦更让你爱。书薄,文字浅近,未必麻烦就少,如《小王子》,翻译过程中和张文江煲电话粥就不下十个小时。一般而言,作品难译,麻烦就更多些。如《追寻》,常常是绞尽脑汁,冥思苦想,"上穷碧落下黄泉",有时简直恨不能把书烧成灰吞下去——只要它能变成译文。

张:本书的最后一章是"走近普鲁斯特"。我们知道普鲁斯特是二十世纪法国最伟大的小说家,您翻译过他的巨著《追寻逝去的时光》中的三卷,能不能和我们聊一下,您是什么时候开始和这位大师结缘的?

周:我在书中提到,在巴黎高师时,有个学文学的法国好朋友Vincent,我们聊到各自心目中最好的本国作家和作品,我想了想,说了曹雪芹和《红楼梦》。他几乎不假思索地说出Proust 和 *A la recherche du temps perdu*。后来我慕名买了几本原书。这是在我心田埋下的种子。

韩沪麟组织翻译译林版的七卷本,则给了我一个"亲近"普鲁斯特和他的作品的机会。

张:我们了解到有这样一个故事,您在参加一个座谈会的时候,主持人介绍您是一位数学家,法国的普鲁斯特学者接口说:"普鲁斯特有数学家的气质。"这是不是也是您翻译普鲁斯特作品的一个触动点?

周:译林版出版后,在北京开座谈会。在饭桌上,法国专家(和我坐在圆桌的对角线位置)听到这样的介绍,沉吟片刻,说了那句话。我当时就觉得他说得很真诚,并非客套寒暄。

这句话,未必是我翻译普鲁斯特的"触动点",但这句话时时会在我耳畔回响。我感到它说得很深刻。

张:翻译大师的作品是一件极其艰难的事情,不仅如您所说要具备前两章里所有的条件,而且还要面对翻译本身的困难。我们看到的，首先是书名的纠结，从《追忆似水年华》到《追忆逝水年华》，再到现在的《追寻逝去的时光》。我不知道您在这个过程中经历了怎样的内心变化，或者是理解上的变化，其中又发生过哪些故事？

周：当初参加讨论译名的，共十三人，一半人主张用"寻找失去的时间"，一半人主张用"追忆似水年华"。最后表决，译者六对六，责编投"追忆"一票，拍板。这个书名很唯美，让人想起李商隐（"此情可待成追忆"）、牡丹亭（"似水流年，如花美眷"），但与原书名不大贴合。

为表达 perdu（失去，逝去）之意，1997 年我译第一卷节本时，改名"逝水年华"。

2003 年我译毕第一卷后，改为《追寻逝去的时光》。在此先说两点理由：一，与原书名尽可能贴合。要说明这一点，不妨以英译本为参照。旧译 Remembrance of Things Past（意为"往事的回忆"），唯美堪比中文译名（摘自莎士比亚十四行诗），精巧似更胜一筹（首字母 R、T、P 与法文原书名相合），但新译本"割爱"换用朴实的 In Search of Lost Time（意为"寻找失去的时间"），割爱者，贴合也。二，尊重普鲁斯特的意见。他在临去世的那年，看到英译本书名广告后，写信给伽利玛说："这下子，书名全给毁了。"我斗胆揣测，他若看到中译名，也会这么说。

张：对您来说，翻译普鲁斯特的作品，也是和普鲁斯特相遇并了解他的过程。我们看到您在书中写道，别人在说到这部小说时，多说他的心理描写和意识流，但您却认为他写的不仅仅是心理，而且是世态，是哲理，比心灵世界要大得多。您的这种理解源自他作品的哪些地方？

周：举例来说，"我们的社会形象是他人思维的产物"，"市声是宗教仪式世俗的翻版"，"艺术珍品是不会一下子让人记住的"，这些段落写的不都是世态和哲理吗。其实，整个七卷本有个贯穿始终的哲学概念——时间。普鲁斯特是哲学家柏格森的服膺者，他们念念不忘的时间，就是哲学上的"绵延"，就是所谓"心理时间"。这也是书名应当保留"时间（时光）"这个词的第三个理由。

张：普鲁斯特的这部七卷本小说，写作历时逾十年，而且书名这么有回忆的意味。我想问的是，他写这部书的目的是什么，是回忆还是倾诉和感慨？

周：书名，看似有回忆的意味，实则不然。有朋友问过普鲁斯特，写此书是否为了回忆，他回信说："不，倘若没有理性的信念，倘若仅仅是想回忆，想靠回忆重温过去的岁月，我是不会拖着病体费心劳神写作的。我不想抽象地去分析一种思想的演变，我要重现它，让它获得生命。"

张：当时就有人批评普鲁斯特第一卷《去斯万家那边》和第三卷《盖尔芒特家那边》的名字太过平实没有诗意。但普鲁斯特却表示,很多杰作的书名都是看似没有"诗意"的。也许从这两卷的书名,可以看出这两条路对普鲁斯特所具有的特殊意义。您可以就此谈谈您的看法吗?

周:斯万之路(斯万家那边)意味着布尔乔亚、爱情(或者说情爱,包括异性恋和同性恋)、音乐。盖尔芒特之路(盖尔芒特家那边)意味着贵族世家、社交、绘画和文学写作。最后,两条"路"交织在一起,两个不同的"世界"你中有我,我中有你,而且始终处于变化之中。普鲁斯特要写的就是这一切:在他看来,只有写作才能寻回逝去的时光。

张:您在译完第一卷后,成就了一次法国的追寻普鲁斯特之旅。可以说,您到了他生活、学习、写作的每一个角落。给我印象最深的是奥斯曼大街102号现在变成了银行。能不能给我们讲讲您这次追寻之旅的感受?它对您的内心有哪些触动,对您今后翻译其他各卷有怎样的意义?

周:去了普鲁斯特的家乡和在巴黎的寓所,对他的小说多了几分亲切感。

您说的奥斯曼大街102号,普鲁斯特在这个寓所住了十二年,在这里写出了《追寻》中的大部分篇章。高敞的房间里不见什么装饰,墙上挂着钟,但不挂画。这让我想起,普鲁斯特说过他不用收藏画作,因为它们早已藏在了他的心里。在《追寻》中,直接提到的绘画作品有二百多幅,这也许正是他那句话的佐证。我想,住所如此,作品何尝不是如此呢。对《追寻》来说，任何表面的东西都是肤浅的泡沫，真正有价值的东西是沉淀在下面的，是要用心才能感受它们的美的。

张：《译边草》中收录了您和陈村的一篇对话。里面讲到很多关于翻译和普鲁斯特作品的问题，其中有一个就是普鲁斯特作品中长句的翻译问题。您为了照顾读者，会把长句拆开，陈村先生却愿意您仍译成长句。这个在翻译中令人头痛的问题，您在翻译的过程中是怎样处理的？您是说您很享受这些长句，但是翻译时会切断吗？

周：译句不宜过长，这是由两种文字的不同特点决定的。法文（英文也一样）多用从句，可以把大块的修饰成分"甩"在后面，整个句子呈"枝桠结构"，尽管长，眉目仍清晰。中文若照此办理，则变成"肚子（修饰成分）很大"，不堪卒读。所以，要把长句适当切短。

但又要保留长句的韵味，让读者有长句的缠绵之感。重要的是感觉对等，而非形式（句式）对等。

张：我们在这本书中读到了您作为译者的儒雅，作为作者的平实。您自己也说过，从到巴黎追寻普鲁斯特开始，就不可能停下来了。您的翻译事业还在继续，接下来有什么计划吗？

周：儒雅不敢当，平实也许是本色。

说来惭愧，几乎没有什么计划。顺其自然吧，兴之所至,也许会一贾余勇。现在手头还在译《追寻》第五卷,快完卷了。

张:以后还有计划再和读者以作家作者的身份见面吗?
周:兴趣可能还是偏重于翻译。

2012年11月在星尚频道"今晚我们读书"栏目与张颖对谈整理稿。

文采来自透彻的理解

原拟用"译之美"那样一个比较空泛的题目,惟其空泛,更适于漫谈。论坛和与我联系的刘先生认为题目太短,要用长一些的。另外他要求讲一下改行的事(这个话题因已在多个场合讲过,原来没打算讲)。于是,我定下"文采来自透彻的理解——我心目中的翻译"这么一个够长的题目。其实落脚点在"我心目中的翻译",还是漫谈。改行,我想了想,可以说是改变人生道路,或者说改变生活方式吧。所以,今天要讲的主要内容是:在我的心目中,翻译是一种生活方式,是一种感觉,是一种平衡。感觉,可能会多讲一些。

翻译是一种生活方式

文学翻译是我的第二次人生,于我是一种新的生活方式。种子是少年时代埋下的。初中时看书多而杂,对《约翰·克利斯朵夫》和《傲慢与偏见》的译者不胜向往之至。高中毕业时在理科和文科间进行选择，最后报考复旦数学系以遂母亲心愿。但种子埋在土里，未必就能有发芽的意识。直到很久以后，朋友偶尔约我翻译波伏瓦的一个中篇小说，才触发了我的文学翻译之念。就这样，少时埋下的种子，在学了五年数学、教了二十八年数学之后，终于发了芽，改变了我的人生轨迹。这段从数学改行做文学翻译的经历，我写进了那本小书《译边草》。

我决定改行、坚持要做自己喜欢的事的时候，好朋友觉得我"作"。但我义无反顾，支撑我的是历久弥新的兴趣，是对文学翻译的热爱。有这种兴趣，翻译就渐渐成了生活内容的一个重要部分。一天不译一点东西，心里会觉得空落落的。翻译好比工人做工，无论心情好坏，该做的活儿就得做。老舍先生说"有得写没得写，每天写五百字"，每天写点东西，成了老舍的"瘾"。

兴趣和热爱，随着岁月的老去，也许会慢慢淡去，但与此同时，它们会转变成一种习惯；一旦真的失去这种淡淡的维系，你似乎会觉得心里空落落的。用普鲁斯特的话说，习惯是你慢慢养成的，但是当你把它养成养大之后，它就会成为一个独立存在的自在之物，变得比你强大，使你难以摆脱它。在译《追寻逝去的时光》第一卷和第二卷时，我几乎处于一种"沉溺"的状态。当时给台湾的好友刘俐女士写信，曾提到过这种状态，具体怎么写现在想不起来了，但她略带调侃的回信我还保留着："读到你在译 Proust 的两三年间，失眠、忧郁，甚至六亲不认，我深觉不安。一直怂恿你去干这种呕心沥血的活，未免残忍。译一本书，必须与它朝朝暮暮，耳鬓厮磨，非得 amoureux（恋爱）才行。'失眠、忧郁，甚至六亲不认'，这倒像是 amoureux 的症候。"如今我老了，体力、精力都不如当初 amoureux 之时，心态也发生了变化，觉得人生是一段漫长的旅程，不用走得太快，不妨多看看沿途的风景。何况这段旅程已经走了大半，更得走得慢些才是。普鲁斯特和他的《追寻》，我虽钟爱如初，却也终有一别的时候。——但我想，在剩下的旅途上，翻译这个习惯，未必摆脱得了，即便或许不译普鲁斯特，也会译别的东西，只不过，它们也许译起来轻松一些，更适合已入老境的译者一些。

不过说到底，让工作成为习惯，或许还是一种却老的方式。《情人》的作者杜拉斯说过一句话：La seule façon de remplir le temps, c'est de le perdre. 大致的意思是：让时间变得充实的唯一办法，就是把它消磨掉。这不是跟项鸿祚的那句"不为无益之事，何以遣有涯之生"颇为相似吗？法国诗人维尼（Vigny）则是从更为积极的角度说的：Le travail est beau et noble（工作是美好而高尚的）。前辈作家陈学昭有本小说《工作着是美丽的》，书名显然就是化用维尼的这句话。工作着是美丽的；如果在有生之年还能有一段不太短的时间享受这种美丽，那就是上天对我的眷顾了。

翻译是感觉的过程

翻译是一种感觉，亦即找出文字背后的东西的过程。外文、中文水平都可以，是否就能做个好译者？实践表明：未必。原因就在于翻译是"化学反应"，往往需要添加催化剂，添加催化剂的过程就是感觉的过程。

感觉,意味着全身心的投入。投入,就要聚精会神,如狮搏兔。要尽可能地找到作者写作时的感觉,亦即文字背后的东西(好的文字是"可以扪触到"的,其中蕴含着作者对人生的思考,以及他的生活状态和写作时的情绪)。记得汪曾祺的女儿在回忆文章中说,汪先生在构思新作时,会"直眉瞪眼"地坐在沙发里,就像下蛋的母鸡。这形容的不就是聚精会神吗?

投入,就要充满柔情,"犹如母熊舔仔,慢慢舔出宝宝的模样",静静地、仔细地把感觉到的东西在译文中传达出来,让读者也能感觉到它。一样东西,你真心爱它,就会日久生情,这个情,对翻译而言就是感觉。前一阵想练毛笔字,为此请教克艰兄,他说了四个字:念兹在兹。他说得对,练字也好,翻译也好,倘若能心心念念想着你要写的字、要寻觅的词句,那么,老天爷大概也会觉着你可怜见的。翻译的所谓甘苦,往往就在这样的寻寻觅觅之中。苦思冥想而觅不到一个恰当的词、一个恰当的句式,是翻译中常有的事。有一段时间,我床边总放着一张纸和一支笔,半夜醒来突然想到一个合适的词或句子,马上摸黑写下来,第二天清晨看着歪歪斜斜的字,心里充满欢喜。

投入,就要舍得花时间,花精力。梁实秋先生在一篇文章中写过,某太太烧萝卜汤特别好,朋友请教其中诀窍,答案是烧的时候要舍得多放排骨,多放肉。这个道理,大概在翻译上也适用,那就是译者在翻译时要舍得多花时间,多花精力。做文学翻译,我不是"行伍"出身,没有接受过严格的训练。多年来,我不敢懈怠偷懒，我知道，只有舍得多花时间，多花精力，才可能在跌打滚爬中有所长进。

感觉，未必是与生俱来的一种特质。或许有的人天生感觉比较敏锐，这些人当作家、翻译家，自然有得天独厚的优势。但我想，感觉的敏锐度，在很大程度上还是磨炼出来的。沈从文给学生出的作文题"记一间屋子里的空气"，完全是训练感觉敏锐度的。

文采来自透彻的理解

翻译的文采首先来自对原文透彻的理解，来自感觉的到位。自己没弄明白、没有感觉的东西，是不可能让读者感觉到的。理解透彻了，感觉到位了，才有可能找到好的译文，才能有文采。

文采，并不等于清词丽句。文字准确而传神，就有了文采。好的文字，不是张扬的、故作昂扬的，不应是"洒狗血"，也不应是过于用力的。好的文字有感觉作为后盾，有其内在的张力（"黏性"）。即便李白这样的大诗人，也难免有洒狗血的时候。汪曾祺在一篇文章中说："（与杜甫的'岱宗夫如何，齐鲁青未了'）相比之下，李白的'天门一长啸，万里清风来'，就有点洒狗血，李白写了很多好诗，很有气势，但有时底气不足，便只好洒狗血，装疯。他写泰山的几首诗都让人有底气不足之感。"即便是周作人这样的散文大家，也难免有着力太过的地方。他有一段写废名的话很有名："（废名的文字）好像是一道流水……凡有什么汊港弯曲,总得灌注潆洄一番,有什么岩石水草,总要披拂抚弄一下子,再往前走去。"但还是汪曾祺,很中肯地指出:"周作人的序言有几句写得比较吃力,不像他的别的文章随便自然,'灌注潆洄'、'披拂抚弄',都有点着力太过。"

回到翻译上来。译文要求准确、传神,落脚点还是感觉。举例来说,《追寻逝去的时光》第一卷末尾处有一段描写布洛涅树林景色的文字。其中有一句我译成:"风吹皱大湖的水面漾起涟漪,它这就有了湖的风致;大鸟振翅掠过树林,它这就有了树林的况味;……"(异体字的"大湖"是布洛涅树林中一个湖的名称,"树林"则指布洛涅树林)。原文是 le vent ridait le Grand Lac de petites vaguelettes, comme un lac; de gros oiseaux parcouraient rapidement le Bois, comme un bois, ... "有了……的风致"、"有了……的况味"从字面上看是原文所没有的,但从意蕴上看确确实实又是有的。

但找准感觉并不一定是"做加法"。《情人》一开头,有句为不少读者所激赏的译文:"太晚了,太晚了,在我这一生中,这未免来得太早,也过于匆匆。"语调低回而伤感。但在原文中,这是一个语气相当短促的句子。(Très vite dans ma vie il a été trop tard.)译文的感觉与原文出入较大,也许不妨改译作:"一切都来得很仓促,一开始就已经太晚了。"这样译,有点"以短促还其短促,以枯冷还其枯冷"的意思。

感觉不同,用词的色彩自会不同。《包法利夫人》中写到 elle s'enflammait à l'idée de cette taille si robuste et si élégante..., 我没有

译作"她淫心荡漾,按捺不住地想到另一个男子",我觉得那种译法的强烈贬义色彩,是原文所没有的(按照福楼拜的创作原则,他也不会那么写)。依据我所感觉到的作者的意思,我把这个句子译作"她心里像烧着团火,如饥似渴地思念着……"。有的词很简单,感觉却未必简单。比如,福楼拜写到爱玛被罗道尔夫抛弃后,大病一场。养病期间,每天下午坐在窗前凝神发呆,"其时,菜市场顶篷上的积雪,把一抹反光射进屋里,白晃晃的,immobile,……"最后那个词,有译成"雅静"的("一片雅静的白光"),也有译成"茫茫"的("一片茫茫的白光"),但在我看来,那样的译法,似都仅与光线的状态有关,而与爱玛的心态无涉。在我的感觉中,那是一种"以外写内"(即以外在的动作、状态,来描写人物的心理)的手法,所以我把 immobile 译作"凝然不动"。这是我对光线的感觉,也是我对爱玛心态的感觉。

更极端的例子,是欧几里得的《几何原本》。从引入中学教材的译文中,我们可以领略到"若……则……"、"∵(因为)……∴(所以)……"这种源自简洁、准确的文采。更一般地说,数学语言,常会让我为它们的美而心折。我常举的例子,是极限的定义。极限,这么一个看似谁都明白的概念,困扰过一代又一代的数学家。最后,法国数学家柯西(Cauchy)终于给出了严格的极限定义,为数学大厦奠定了坚实基础。那短短两行数学语言,在我眼里几乎是人类语言美的极致。

当然,数学语言之所以美,是因为它们被用于数学的领域。我从数学改行,从事文学翻译以后,心里时时在警惕:有两种腔调要尽量避免，那就是数学腔和翻译腔。其实，还有一类词也是要避免的，那就是"通过"、"根据"之类的文件用语。这类词自有它们的用武之地，但在文学翻译中，我想应该慎用——在大部分情况下，是可以不用这类所谓"大字眼"的。

翻译是一种平衡

文学翻译是一种平衡：在作者与读者间求平衡。在"存形"与"求神"间求平衡。在快与慢之间求平衡。在自信与存疑之间求平衡。在平常心与追求完美之间求平衡。

译者是"一仆二主"，既要"伺候"好作者，又要"伺候"好读者。比如说，普鲁斯特多写长句，法国研究者曾以七星文库本第一、二卷为蓝本做过统计：句长 10 行以上的占 23%，5—10 行的占 38%，亦即 61% 是 5 行以上的长句。译文当然应该保留这种"长而缠绵"的韵味，但中文的结构不同于法文（从句、插入语可以"甩在后面"或"插在中间"而眉目仍清楚），译文必须让读者感觉到长而可读。这就是一种平衡。

译者要在形似和神似之间求得平衡。若能形神兼备，自然再好不过。机缘凑巧的话，译者也能遇上这种幸运的时刻。前面举过的例子中，immobile 的释义就是"静止，不动"。译成"凝然不动"，看似得来全不费工夫，其实不是这样。译者的思绪是在很多词之间游荡了一圈、踟蹰了一番过后，才最终回到离出发点不远的"凝然不动"上来的。s'enflammer 的情况，也大致相仿。

词如此，句式也如此，能用最贴近原文的形式来译（既存形，又传神），当然不必舍近求远。然而，在大多数情况下，问题要复杂得多。

过于"自由"，天马行空，那不叫神似，那是"捣糨糊"。但过于拘泥，mot à mot（word by word，逐字对译），那样的译文也会令人不堪卒读。这种"存形"与"求神"之间的平衡，杨绛先生把它归结为"翻译度"的把控。掌握好"翻译度"，是译者必须做的工作。有些作家朋友希望译者不要"加工"，把原作"原原本本"地翻译出来，好让他们看清外国的同行究竟是怎样写的。但这种要求译者"几乎不介入"的翻译，其实是行不通的——除非把翻译交给机器去做。

译得快些，还是译得慢些，这是个问题。译者当然愿意译得快一些，可是他一定不能贪快，不能以牺牲质量作为求快的代价。翻译恐怕是不大会有"天才"的，我相信"慢工出细活"。而在这个浮躁的年头，要能"慢翻译"，首先就要有对文字的敬畏感，以及对读者的敬畏感。当一个译者对读者的宽容充满感激，而且对未来的读者充满期待的时候，他就有了这种敬畏感。

译者必须有自信，哪怕面对一位令他景仰、崇拜的作者，他也要以一种"平等对话"的姿态，去跟作者"交流"。否则，"感觉"云云就无从谈起。译者的自信，有时首先来自不迷信。当你在读一个译本，发现其中有些词句或是费解，或是刺眼的时候，倘若你能把原著找来，逐字逐句对照着读，说不定你就能在无形中生出几分底气。倘若你有志于翻译，说不定你就会自己动手，悄悄地试译一些东西。一不小心，说不定你就会走上翻译之路。自信，在更多的情况下来自长期的跌打滚爬，当你打过几场"硬仗"，终于"杀开一条血路"之时，你的感慨会化成一种自信。但是，正因为你是一步一个脚印地走过来的，你一定会感到自己的不足，一定会在内心有一份谦卑，一定会在翻译时如履薄冰、时时存疑。举个现成的例子。前几天重读福尔摩斯探案中的《波西米亚丑闻》，心里就升起过几团疑云。华生婚后去贝克街看望福尔摩斯。"他的态度不很热情，这种情况是少见的，……"这句译文看着就让人生疑，难道在译者心目中，福尔摩斯竟然经常是很热情的？原文是 His manner was not effusive. It seldom was; ... 问题显然就在对后半句的理解上。在我想来，它的字面意思就是"他的态度向来是难得热情的"，也就是说，在福尔摩斯身上，热情这种态度一向是很罕见的。于是接下去的句子也就顺理成章了："不过我觉得，见到我他还是高兴的（but he was glad, I think, to see me）"。不热情，但心里是高兴的，这才像福尔摩斯。接下去的译文，几乎有点吊诡的意味：福尔摩斯"把他的雪茄烟盒扔了过来，并指了指放在角落里的酒精瓶和小型煤气炉"。酒精瓶？小型煤气炉？实在费解得很。一查原文，是 a spirit case and a gasogene。简单地说，就是放威士忌的酒架和苏打水瓶，福尔摩斯的意思是说，要喝兑苏打水的威士忌的话，请自便。这样的场景，发生在伦敦的贝克街，发生在福尔摩斯和华生之间，就比较合乎情理了。

译者还要在平常心和追求完美之间求平衡。一个译者，总想让自己的译作更完美些；所谓念兹在兹，指的不仅是译事进行之时，而且是译作成书以后。我的译文，是七改八改改出来的；出书以后，有时也还会改来改去。《小王子》初版时，apprivoiser 这个词译成"驯养"，再版时，先是改成"跟……要好"，然后又改回"驯养"。如此折腾，一则说明译者功力有所不逮，二则恐怕也从某种意义上说明了翻译的"无定本"性。翻译也是一种遗憾的艺术，译者只有保持一颗平常心，才能一步一个脚印地前行——哪怕回过头去看那些脚印时，心中会有遗憾。

据 2013 年 9 月在复兴论坛上演讲的记录稿整理。2014 年 1 月在《文汇报》上刊登时，标题为"文采来自透彻的理解——我心目中的翻译"。

翻译是力行

我从事文学翻译这个行当,是半路出家。说来惭愧,一些个人的体会,已在不同场合多次讲过。今天拟多举例,意在避免流于空谈或重复。但把这么些具体到近乎琐细的内容,放在讲座上来讲,是否会让大家听得生厌,这确实让我感到有些担心。

一

在我看来,译者设法把自己感觉到的文字背后的东西,让读者也感觉到它,就是文学翻译的"大意"。

《追寻逝去的时光》(一译《追忆似水年华》)第一卷中写到女佣弗朗索瓦兹:les humains excitaient d'autant plus sa pitié par leurs malheurs, qu'ils vivaient plus éloignés d'elle. 有一种译法是:"对于别人的不幸,惟其遭难者离她越远才越能引起她的怜悯。"细读原文,我的感觉是:一,原文行文很平直,译作"惟其……才越能……"好像太文,甚至会有点阅读障碍。二,原文有明显的调侃、幽默的意味。在我看来（这看法是否对，自然可以商榷），les humains 颇为点睛，它是个一本正经的"大字眼"——人类。惟其一本正经，所以幽默发噱。我试着把这两个感觉体现在译文中："人类之所以能以他们的不幸唤起她的怜悯，主要是因为他们生活在离她很远的地方。"

所以，在作者笔下的弗朗索瓦兹是这样的："她在报上看到某个陌生人横遭惨祸会泪如雨下，然而一旦报道中的那个人让她觉着有点似曾相识，眼泪立刻就收干了。"自己身边的帮厨女工腹痛骤然发作，她可以无动于衷，而看到"书上说的阵痛症状"，却会"不由得大为伤心地哭了起来"。原因何在呢？有译本译作："因为这恰恰是她所不知道的一种病症"。其实，原文 qu'il s'agissait d'une malade-type qu'elle ne connaissait pas 的意思是："当然那是她不认识的某个女病人的阵痛。"不是因为病症不知道，而是因为病人不认识！诚然，两种译法的差别相当细微，但倘若要还原普鲁斯特式的人物刻画方式，要体现普鲁斯特式的幽默，那么除了在这样的细节上下功夫，译者还能做些什么呢？

文采，和感觉联系在一起。华丽的辞藻，漂亮的句式，不是不能用，但只有用得恰如其分，才能和文采挂上钩。说到底，翻译有没有文采，前提是对原文有没有"吃透"，是感觉有没有到位。举两个《包法利夫人》中的例子。纳博科夫说，句子的节奏感是《包法利夫人》风格的核心。他说得很对。这种节奏感，有时是比较外在的，例如第二部中，神甫侃侃而谈："我知道，确实存在好作品和好作者；可是，男男女女混杂相处，待在一个装饰极尽奢靡、令人心荡神驰的场所，再加上渎神的装扮，浓重的脂粉，摇曳的烛影，娇滴滴的声腔，到头来自然就会滋生某种放纵的意识……"其中"渎神的装扮，浓重的脂粉，摇曳的烛影，娇滴滴的声腔"，有的译本译作"打扮得妖形怪状，搽粉抹胭脂，点着灯，嗲声嗲气"，或者"穿着奇装异服，涂脂抹粉，在灯光照耀下，说话软绵绵的"，似乎就力度不够，没有原文 ces déguisements païens, ce fard, ces flambeaux, ces voix efféminées 的铿锵意味（而这种意味，与此时神甫的亢奋状态是吻合的）。第二个例子跟视角有关。译者的视角，应该就是作者的视角，否则感觉也难以到位。爱玛和罗多尔夫一起骑马返回永镇，罗多尔夫在她身后欣赏她的背影。原文写道：Elle était charmante, à cheval! 有译本译作："她骑在马上很漂亮。"意思没什么错，但作者是从罗多尔夫的视角来写的，所以译成"她骑在马上，那模样可真迷人！"也许才更贴近这个惯于玩弄女性的风月场老手的口吻（尽管他只是这么想，并没有说出声来）。

感觉，有时不可避免地带有译者的个人色彩。第一部第 8 章末尾的一段文字，拙译译作："渐渐的，容貌在记忆中模糊了；四组舞的情景淡忘了；号服，府邸，不再那么清晰可见；细节已不复可辨，怅惘却留在了心间。"之所以译作"细节已不复可辨，怅惘却留在了心间"，是因为在我想来，倘若（假定！）福楼拜是中国人，他不会说"一些细节淡忘了"，也不会说"若干细节失散了"，他会说"细节已不复可辨"。这个假定，这种译法，当然是主观色彩颇浓的。

二

翻译，首先是一种实践，需要持之以恒地身体力行。为翻译做准备，做一些研究，是必要的。比如说，要了解一下作者和作品的背景，了解一下他所处的时代和他的语言风格，等等。但是作为译者，他的本分是翻译，而不是"研究"。

弘一法师是我很敬佩的前贤。有一次在席间有人向他请教"人生的意义"。他虔诚地回答说："惭愧，没有研究，不能说什么。"叶圣陶先生在文章中记叙了这件事，并感叹道：他的确没有研究，因为研究是指自己站在一样东西的外面，而去爬剔、分析这东西。弘一法师一心持律，一心念佛，再没有站到外面去的余裕。叶先生说得真好，我每每想到自己还有"站到外面去的余裕"，就感到惭愧。这"一心"二字，说出了力行的真谛。一个人，一生中能真正做好一件事，其实已经很不容易了。想想那些热爱自己工作的手艺人吧，他们每天做工，终其一生把一件事做到最好（即便是制作一种工艺品，甚至只是下一碗面，做一个寿司）。老舍先生说他自己"有得写，没得写，每天写五百字"，这不就是力行吗？

译者和他的译作的关系，有点像船长和他的船的关系，那是一种同命运、共存亡的关系。《动物农场》的作者、英国作家奥威尔在为乌克兰文版写的序言中说得好："我不想对这部作品发表意见，如果它不能自己说明问题，那它就是失败之作。"作者如此,译者同样如此。译者,要用翻译的作品说话。

力行,意味着义无反顾地往前走。但与此同时,脚步又不能迈得太大,还是要处处小心,时时存疑,才不致轻易掉入陷阱,才不会被荆棘划得遍体鳞伤。

存疑,一是对理解对不对存疑,二是对行文妥不妥存疑。《追寻逝去的时光》第一卷中写到,作者家里有个规矩,每周六午饭提前一小时开饭。接下去,有个译本这么译:"她(弗朗索瓦兹)已经'习惯成自然',甚至如果哪个星期六按平常时间开饭,她反而觉得'乱了套',非得用另一天提前开饭作为补偿。"这话很费解,这个女佣难道真有这么"任性",居然能"用另一天提前开饭作为补偿"?原文是 que si elle avait dû, un autre jour, avancer son déjeuner à l'heure du samedi,其中 avait dû 是过去完成时,表示虚拟语气,所以我译作:"她对此已经惯了,倘若有哪个星期六,非要让她等到平时钟点才开午饭,那在她就像其他日子里得把午饭时间提前一小时,事情全乱了套。"所谓在另一天提前开饭一小时,其实是个"虚拟"的情况。(顺便说一句,此处英译本似亦有误。)

行文不妥,有各种各样的不妥,其中最常见的一种是翻译腔。还是这本书,还是弗朗索瓦兹。她做了个噩梦,有个译本接着说,这会儿"她显然已经恢复现实感,认识到刚才吓坏了她的幻觉实际上是假的"。意思是懂的,但腔调有些别扭,何不说成"她好像神志清醒过来,明白了刚才吓人的情景都是假的"呢?这位女佣打鼾时轻轻响,于是有个译本说:"用开汽车的行话说,

（鼾声）'改变了速度的档次'。"我们平时恐怕不会这么说话，我们大概会说："按开汽车的说法，她的鼾声换了挡"。另一个地方我们读到，"她想从鸡耳下面割断喉管"。其实，译作"割断它的喉管"就行了。

翻译腔，是指洋腔洋调，不合我们说话行文的习惯。有时候，也会遇到另一种情况，那就是太"归化"了。第一卷的某个译本中，有这么一句："我每逢大年初一都要去拜年。"在翻译作品中读到"大年初一"，难免会有些异样的感觉。原文是 le premier janvier，我觉得不妨就译作"新年的第一天"。类似的问题，当年施蛰存和傅雷二位就争论过，施先生不赞成在译文中用"鸦雀无声"、"秋高气爽"之类的说法，认为这样译，中国味儿太浓，文字也流于俗、流于滑。

说到这里，想把话头稍稍扯开一点儿。翻译腔要不得，但"翻译的痕迹"是难免的，有时甚至是可爱的，因为那往往是译者心境留下的痕迹。傅雷先生在《约翰·克利斯朵夫》中，把安多纳特 pudeur et fierté（羞怯与高傲）的个性，译作"清高与狷介的性情"。其中的"狷介"，我怎么看都像是傅雷的自况。《简·爱》影片中，陈叙一先生把 life's an idiot（生活像个白痴）译作"生活是无味的"。无味，或许也是陈叙一对他生活其间的大环境有感而发。这些看似离开原文稍有些远的翻译，有些像"蚌里的明珠"。高尔斯华绥说："蚌因珠而病，但珠是最美丽的东西，它比蚌本身更加珍贵。"我的这种看法，仅是"一家之言"，很可能带有某种偏见，或者说对译者的偏好在内。

三

译者天然应该是读者——他应该是他所要译的书最认真的读者。他要把这本书，先从薄读到厚（逐字逐句细读，查好每个生词的释义，吃透代词、介词之类"小字眼"的意思，弄清每个细节的来龙去脉，等等等等），再从厚读到薄（胸中了然，只待表达）。

为翻译，要读无用之书、非书之书。小说中，涉及的内容五花八门，翻译时只恨平时涉猎不广，有时甚至不知问题来自何方，该去查什么书、问什么人。比如说，大仲马在《三剑客》中写到马站着睡觉，写到阿拉密斯喜欢把耳垂揉成粉红色（有点像今天说的"扮酷"）。又比如说，福尔摩斯探案中，提到桌上放着 gasogene，查词典（释义为"汽水制造机"或"可燃气体发生器"）不得要领，后来终于在 Google 的 forum（网友相互交流的"论坛"）上得到启发，恍然大悟这十有八九是苏打水瓶的意思。Google 就是非书之书。

多读经典，才能知道文字原来是可以达到那样的高度的。虽不能至，心向往之。我是半路出家，底子薄，所以更不敢懈怠。红楼梦，水浒传，史记，世说新语，唐诗宋词，明人小品，都是我觉得常读常新、开卷有益的书。例如，韩愈写初春小草的诗句"草色遥看近却无"，张先写月色溶溶、一片空明景象的词句"中庭月色正清明，无数杨花过无影"，柳宗元写潭中小鱼的"皆若空游无所依",再如归有光散文中的"然余居于此,多可喜亦多可悲"、"目眶冉冉动"(不是"慢慢",也不是"徐徐",其生动鲜活令人难忘),等等等等。现当代的作品中,沈从文(尤其是他的散文),汪曾祺,孙犁,杨绛,当然还有王鼎钧,都是我心目中的经典。能把白话文(语体文)写得这么好,其实是非常不容易的!古今作家留给我们的那些让人怦然心动的文字,也许我们读过了、赞叹过了,也还是会忘却。然而(借用汪曾祺先生引用过的句子):"菌子已经没有了,但是菌子的气味留在空气里。"

如有可能,应少读内容粗俗、语言贫乏的书,至少不要读得上心,尽量让它"穿肠而过"。好作家心里,没有坏文字的容身之地。汪曾祺的女儿汪明发哮喘,汪先生为她写了份"病退申请报告",农场的连长看了大为光火,对汪明说:"你自己瞅瞅,写的啥玩意儿!"只见上面是这样写的:"敬爱的连队首长,我恳请您放过我们的女儿汪明,让她回北京治疗和生活……"汪明明白,她爸还真不是写这种报告的料,他费尽心机想跟连长套近乎,可心里的怨气,一下子就露了出来。写病退报告通不过,恰恰是汪先生真性情的写照。不会写官样文章,是好作家的光荣。

如有可能,不妨多读一些"难读"的好书——写得好的哲学、历史著作,还有被讥评为"死活读不下去"的那些经典文学作品。红楼、水浒、三国、西游,我始终不明白它们何以会那么难读。有幸与四大名著同时入榜的普鲁斯特小说,也许是有点"难读"。但有时候,难读才有味道啊。有些书,你不去读它,可惜的不是它,而是你。当然,我这么说也把自己包括在内,乔伊斯后期的小说，我就怎么也看不下去，这是我的遗憾。

爱书之人不一定做翻译，但是，好译者一定是爱书之人。一个人，只有把读书当成一种习惯、一种生活方式、一种享受，才有可能把翻译当成一种习惯、一种生活方式、一种享受。

艺术是相通的。接触其他门类的艺术，可以说是读书的延伸。我在《译边草》中有一章的标题就叫"他山之石——译制片"。译制片对我的影响是由来已久的，根深蒂固的。书法，和翻译相通之处也很多。书法讲究浓淡相间，文字亦如此；书法讲究结体互让，对翻译也有启发，原文是三个词，有时译文用两个词反而更好。电影，绘画，都让我学会画面感。音乐，在教我领略崇高感和节奏感的同时，也让我明白，不能每个乐句都是华彩乐句，过渡乐句是必需的。评弹这种江南曲艺，在叙事状物、找截干净上有其明显的特色，真正的评弹好演员，说表称得上"无一赘字"，这种本领倘若借鉴到文学翻译上来，就是上乘的功夫了。

门外谈，却谈得多而杂，有渎各位清神，还请多多包涵。

2015年7月在成都方所书店讲座上的讲稿，原题为"翻译门外谈"。

文学翻译十二题

一、状态

译者,有点像自导自演的演员。在翻译过程中,他会先后处于三种状态。

一是做前期准备工作(相当于导演做分镜头脚本、演员做案头准备工作)。这时他要读一两遍甚至更多遍原文,仔细查好生词,看明白文章的脉络、句子的结构。若是长篇,看几遍近乎"奢侈",但较快地(亦即作为读者,而不是译者的那样)读一遍还是必需的。实在太长的作品,如七卷本的《追寻》,至少要对你手头在译的这一卷有所了解,要对你正在译的这一大段细细读上一两遍。倘若看一句译一句,那是无法进入"语境",难以译出前后呼应的译文来的。查一个词的释义,中文词典若不够用,那就要用原版词典(以期对这个词的含义有一个更准确、更清晰的了解),最后译出的中文,字面上未必是词典上所有的,这很正常。

二是动手翻译(相当于导演导戏、演员演戏)。这时的理想状态是假想自己是作者。译景色,自己眼前仿佛有这景色;译场景,自己仿佛身临其境;译对话,自己仿佛变成这个人物……

三是稍稍"冷却"后细细打磨(相当于导演做最后的剪辑)。要读自己的译文,自己念着不顺口的句子,读者不可能觉得顺口,自己没有感觉的文字,难以让读者有所感觉。

二、标准

翻译的标准,最有名的提法是"信达雅"。其出处是严复在《天演论》弁例中说的"译事三难:信,达,雅"。信,忠实;达,流畅。雅,是什么?小说中有粗人、俗人,难道要他们满口雅言吗?显然不是。我想,雅指的是"好的中文"(从法文 bon français 生剥而来,意即合乎语言规范的、地道的中文)。如果能把粗人、俗人的语言译得声口毕肖,就像是中文好作家写出来似的,那就是"雅"。有位前辈翻译家认为,真正做到"信"了,达、雅自然也就有了。这种观点是有道理的。

也能听到直译、意译的说法。这种分类,我觉得界限过于模糊。说直译不好者,把它等同于"硬译"、"死译"。说意译不好者,把它类比于"述其大意而已"。How do you do? 您好。这不像直译吧(连标点都改了),但你能说它是意译吗?(它很准确,把语句包含的全部信息都传达出来,就无所谓"意译"了。)

还有一种从国外引入的"等值翻译"理论。作为翻译理论,"等值"自然有其指导意义。而据我肤浅的理解,这有点类似于

"假定作者是中国人,他会怎么想、怎么写"。此语最初是傅雷提出的,我想这是傅先生的经验之谈。

我服膺傅雷的说法。在我的心目中,翻译是个感觉的过程。译者设法把自己感觉得到的文字背后的东西,让读者也感觉到,就是文学翻译的"大意"。

三、文采

文学翻译的文采,从根本上说,来自对原文透彻的理解。理解透彻了,感觉到位了,才有可能选择恰当的词语和句式,也才有可能把握原作的节奏。而只有译者把握了原作的节奏,译本说的才是"作者的声音"。

要摆脱一味追求"漂亮"的语言习惯。《译边草》中提到,当年汝龙先生要我"少用四字词组"。他举例说,"烈火熊熊"并不能让读者眼前看到什么。我不解地问,那该怎么说呢。他说,写"一蓬火烧得很旺"就很好。

当然,并不是说译者不必积累词汇、不必熟悉句式。恰恰相反,翻译实践要求译者像海绵一样,大量地吸收各种色彩的中文词汇,精心地储备适用于不同场合的中文句式。这些,都是另外的话题了。

四、神韵

文学艺术中,到底有没有"神韵"这么个看不见摸不着的东西。我想是有的,它是存在的,是可以用心去感觉到的。王国维在《人间词话》中说:"红杏枝头春意闹"一句中,著一"闹"字而境界全出;"云破月来花弄影",著一"弄"字而境界全出。这两字就是最传神之处,这一点我们用心体会,是可以感觉到的。

诗如此,散文、小说也如此。鲁迅称赞水浒中"那雪正下得紧"比"大雪纷飞""神韵好得远了"。近期电影《命中注定》的插曲是有名的 Almost lover。"无缘的爱人"译得传神,尽管它并不那么"如实"(almost 这样一个常见的词,字面上的确只是"几乎,可以算是"的意思)。

五、气质

要能译出神韵,就要善于感觉、善于捕捉文字背后的东西。或者说,译者要有"善感"的气质。这样,他才能和作者"耳鬓厮磨",同呼吸共感觉。

译者还要"耐静",耐得住寂寞。好译文,大都是在寂寞的环境中完成的。翻译好比做工,不能三天打鱼两天晒网。老舍说他"有得写,没得写,每天写五百字",这不正是眼下我们提倡的"工匠"精神吗?写作如此,翻译更其如此。

译者不大可能永远做"本色演员",他必须学会做"性格演员"。傅雷译巴尔扎克,我们可以感觉到译文中有一种粗犷到近乎粗俗的意味。而他译罗曼·罗兰,给人的感觉是,似乎看得到白皙皮肤下淡淡的蓝色脉管。我相信这是他有意为之的。

六、语境

语境，或者说语言的环境，指的是一个词或一段话和上下文的关系。举个简单的例子，电视剧《唐顿庄园》中，管家对仆人们训话结束时，说 Thank you。在这个语境中，译成"散了吧"，显然比译"谢谢"传神得多。

七、译名

翻译人名、地名，有个原则叫"名从主人"，也就是说，哪国的地方和人，要按该国的读音习惯来译。例如 Confucius，不是孔菲修斯，而是"孔子"。法文中，末尾的辅音一般不发音，所以 Vincent 是"凡桑"（若是英美人，则是"文森特"），《基督山伯爵》中法老号的会计是"当格拉尔"而非"邓格拉斯"。但是，麻烦有时由"一般"而生，上书主角应是"当戴斯"，最后的 s 要发音。女作家杜拉斯（而非"杜拉"）、作曲家圣桑斯（而非"圣桑"）名字中最后那个 s 都要发音。若问为什么？法国人会回答 C'est comme ça（就是这样的啦）。为难的译者只有一个办法：问可靠的法国人。

大侦探 Holmes，按说应是"霍尔姆斯"，但我们都叫他"福尔摩斯"。原因是，另外有个原则叫"约定俗成"。当年林琴南按他的福建口音译了"福尔摩斯",沿用至今,成了约定俗成的译名。好在能被岁月打磨成"约定俗成"的译名并不很多。此外较常见的,当数圣经人物的译名。

八、题材

因题材不同(影视,传记,小说等等),"翻译度"往往会有所不同。影视作品的译名要能抓住眼球,这无可厚非。如"魂断蓝桥"(而非"滑铁卢桥")、"廊桥遗梦"(而非"麦迪森桥")。再如刘震云新作《我不是潘金莲》,电影海报上英译名是 *I am not Madame Bovary*(我不是包法利夫人)。传记作品,流畅是王道。若原作在掉文,翻译时不妨权衡一下,既不破坏原意,又让中国读者不致一头雾水。至于小说,尤其是经典小说,费的力气恐怕要更大,要力求形神兼备。即便是书名,也应扣得更紧,比如说,电影可以译成"雾都孤儿",但小说我觉得还是译成"奥利弗·退斯特"更好。

九、甘苦

翻译中,真可谓甘苦自知。绞尽脑汁是常事,这当然苦,但一旦找到了感觉到位的译文,那种快乐,又是旁人所无法体会的。投入的译者"犹如母熊舔仔,慢慢舔出宝宝的模样",译作就是他的宝宝。

这样的生活方式，可能有点傻。但做译者，也许就要有点傻气。

十、"定本"

对重译（复译），不能一概而论。粗制滥造的、一窝蜂的重译，固然不可取，但认真的、严肃的、经过深思熟虑才决定动手的重译，则是必要的、有价值的。翻译作品，没有定本。

我的译文是七改八改改出来的。不仅交稿前改，有时出书后还改。《小王子》就趁再版的机会修改了好几个地方。有读者发问，已经买了先前的译本，现在又改了，那是再买呀还是不买呀。我深感抱歉。但是，想把自己的译文改得更好些，已然成了一种习惯，改（改习惯）也难了。

十一、炼词

熟词、小词（代词、介词等）往往难译。有时需要结合上下文仔细推敲、反复锤炼，方能译妥。这就是翻译中的炼词。例如 It is a topic we shall do no justice to in this place, 可译成"像这样一个题目，我们是不可能在这里讲得很透彻的。"justice（公平，公正）是个熟词，to do justice to 意为"公平对待，公正处理"，但翻译时，这个词组必须锤炼出新译来。

十二、起步

不止一次遇到年轻朋友问:"我可以尝试翻译吗?"或者,"学翻译,是不是先要看翻译教程啊?"

我的体会是,兴趣,就是动力。如果你真的有兴趣,你就可以尝试。一开始不妨悄悄地尝试,因为你还不知道能不能译出像样的东西来。在尝试的过程中,你要随时检查自己是否有不足之处。基本语法要会用,工具书要会查,这些都是可以一点一点现学现用的。难以现学现用的,是对母语的熟练掌握。如果写封信(不是微信)都写不通,那恐怕就先得过了这一关。

总之,尝试翻译没有什么不可以的。一开始,甚至不必去看翻译教程之类的书。我当年如果先看了这些书,很可能就此被吓退,不敢尝试了。当然,有了一些翻译实践后,再去看这类书,是会从中得益的。

我是半路出家的翻译者,我的体会很可能是不足为训的。文学翻译入门易,修行难。我愿和大家共勉。

2016年5月在宝山区图书馆讲座上的讲稿,原题为"文学翻译十二题——从《译边草》谈起"。

二、不老的小王子

有的书不会老

《小王子》是一本许多大朋友、小朋友都很熟悉的小说。今天在谈这本书之前,我想先用几分钟时间,简单回顾一下这部作品的故事脉络。

《小王子》中讲故事的"我",是个飞行员,六年前飞机出故障,降落在撒哈拉大沙漠上,带的水只够喝一星期了。第二天天蒙蒙亮时,"我"听见有个声音轻轻地说:"对不起……请给我画只绵羊!"

"我"就这样认识了小王子。渐渐的,"我"知道了他来自另外一个很小的、比一座房子大不了多少的星球。他一头金发,容易脸红,提了问题就不依不饶地要得到答案。更重要的是,他有一颗水晶般纯净的心。

他爱上过一朵玫瑰。这朵玫瑰很美,但是骄傲、虚荣,有点"作"。小王子还太年轻,不懂怎样去爱她,有次一生气,就离开了她。

他拜访了附近的几个星球，最后来到地球。沙漠中不见人影，只有一条蛇，对他说的话像谜一样。但小王子还是听懂了它的话，并和它约定，一年以后倘若想念自己的星球，就来找它，让它把他送回去。

小王子穿过沙漠、山岩、雪地，来到一座玫瑰盛开的花园，在这儿遇到了懂得很多哲理的狐狸。小王子驯养了狐狸——也就是说，这只狐狸从此以后对他来说是独一无二的。这时他明白了，那朵玫瑰也是他驯养过的，他要对她负责。

他又回进沙漠，遇到了"我"。"我"一点一点地了解了小王子。几天后，正是小王子降落地球的一周年。他来到当初约定的地点。到时候，只见他脚踝边闪过一道黄光，他随即像一棵树那样，缓缓地倒了下去。

六年了，"我"还在怀念小王子。看着满天的星星，"我"就仿佛听见了他像铃铛一样的笑声。

小王子因为不懂怎样去爱，离开他的星球和玫瑰，来到了地球。还是因为爱，他去找毒蛇，让它帮他返回自己的星球。在地球的这一年时间里，他明白了什么道理呢？他明白了爱是理解和包容。他对"我"说："我当时什么也不懂！看她这个人，应该看她做什么，而不是听她说什么。她给了我芳香，给了我光彩。我真不该逃走！我本该猜到她那小小花招背后的一片柔情。花儿总是这么表里不一！可惜当时我太年轻，还不懂怎么去爱她。"

以智者形象出现的狐狸，告诉了小王子什么叫"驯养"。驯养一个人乃至一样东西，就是使这个人或这样东西，从此以后对他来说是独一无二的。狐狸还让小王子明白了，"对你驯养过的东西，你永远负有责任"，"正是你为你的玫瑰花费的时光，才使你的玫瑰变得如此重要"。他还告诉了小王子一个秘密：本质的东西用眼是看不见的，只有用心才能看见。

显然，这些话不仅仅是写给孩子看的。

儿童文学作品，也许可以分成两类。一类既是写给孩子，同时也是写给成人看的，或者说，是写给葆有童心的大人看的。这类书包括《安徒生童话》、《丛林故事》（吉普林）、《爱丽丝漫游奇境记》（卡罗尔）、《杨柳风》（格雷厄姆），以及《小王子》（圣埃克絮佩里）。另一类书，则是真正写给孩子看的。例如我和朋友合译的《大象巴巴》，就是写给3—6岁的孩子看的。

当然，这两类书中间并没有明确的界线。给孩子看的书，大人说不定也喜欢看。而且这两类书有一个共同的特点，就是用孩子的眼光，从孩子的视角，来看周围的人和事物，看这个世界。这种眼光，这个视角，跟成人的有什么不同呢？这种眼光更澄净，这个视角更真实。知识，阅历，经验，都是可以随着年龄的增长而积累的，唯有童心，要从孩童时代就呵护、珍惜，才能不致泯灭。

我们说一本书是经典，就意味着我们一生中很可能会不止一次地阅读它。经典，不是爵位，不是哪个人封的；经典是在时间的长河中慢慢积淀下来，自然地形成的。《小王子》写于1942年，半个多世纪的时间考验着它，成就了它的经典地位。经典的魅力是多方面的，而其中有一点就在于，即使故事淡忘了，仍会有些东西留在你心间。这种留在心间的东西，就是潜移默化的影响，就是熏陶。我们常说要培养孩子高尚的情操。说培养，没错。但我觉得，与其说高尚的情操是教育、培养出来的，毋宁说是熏陶出来的。其中，包括成长环境、周围的人对孩子的熏陶，更包括好书对孩子的熏陶。

1942 年，是个战争的年代。

圣埃克絮佩里是空军飞行员，但在希特勒的军队用六周时间就摧毁了法国军队以后，他无奈地离开了军队，离开了祖国。1940 年的最后一天，他抵达纽约，开始了流亡生活。他在异国他乡写了《空军飞行员》等作品。1942 年，他在心情苦闷、压抑的情况下，写出了最重要的作品《小王子》。

1944 年他回到法国空军部队。7 月 31 日，在这个离巴黎解放不到一个月的日子里，他以 44 岁的"高龄"主动请缨，驾机前去执行侦察任务，从此再也没有返回地面。一个热爱生活、热爱飞行的飞行员，一个永远有着一颗童心的作家，就这样消失在蓝天里，其悲壮和凄美，让人想起《小王子》末尾的小王子："他像一棵树那样，缓缓地倒下。由于是沙地，甚至都没有一点声响。"蓝天之于圣埃克絮佩里，犹如沙地之于小王子。

托尔斯泰读了安徒生的童话后，说："他的内心，真孤独啊！"这句话，用在写《小王子》的圣埃克絮佩里身上，大概也是合适的。他在献词中写道:"我把这本书献给一个大人……这个大人生活在法国,正在挨饿受冻。他很需要得到安慰。"其实圣埃克絮佩里自己,何尝不需要得到安慰呢?孤独,寂寞,也许可以说是一种痛苦,但写作的人在需要安慰的同时,也需要孤独寂寞的时刻。正是在这个意义上,里尔克对青年诗人说:"你要爱你的寂寞。"

《小王子》的插图,出自作者的手笔。在创作过程中,他画过更多的草图,其中有一些,跟发表出来的很不相同。他画得最多的是小王子。这个形象,一开始是高居云端、长着翅膀的。画着画着,云朵消失了,翅膀也没有了,小天使的模样,渐渐变成了我们熟悉的小王子形象。小王子离开 B 612 号小行星以后,是怎样来到地球的呢?——这是大人爱问的问题。但孩子关心的,也许不是这个"合乎逻辑"的问题,他们更关心的,也许是他一路上遇到的那些人那些事,是那朵骄傲的玫瑰,是天上会笑的星星。圣埃克絮佩里后来觉得无须为小王子画上翅膀,我猜想就是

这个缘故。他在意的是充满童真的诗意，而不仅仅是交代故事的情节。另一个改变较大的人物，是国王。最后的老国王的形象，跟小说中的描写是吻合的。原先，插图中出现过"我"（飞行员）的形象，后来取消了。在我看来，这一切，都是为了使整本书（文字和插图作为一个整体）更纯净，更明澈，更有诗意。

有的书，写出来就老了，因为没有人愿意看它。有的书，七八十岁了（《小王子》和我出生在同一年，现在它有七十多岁了）还很年轻，还有许多喜欢它的读者——《小王子》就是这样的一本书。

2015年6月在M21民生美术馆讲座上的讲稿。原题为"有的书不会老——读《小王子》"。

《小王子》九问

在慢书房新店开张的这一天,来和大家一起谈谈《小王子》,感到很高兴,也很荣幸。

有道是,一千个读者心中,有一千个哈姆雷特。我想,每个读者心中也会有自己的小王子。我讲我心目中的《小王子》,目的是和大家交流,就教于在座的真心热爱《小王子》的朋友。为叙述方便起见,分九个小题目来讲。

一、作者写小王子到过的那些星球,有什么寓意?

我觉得,作者是在写他眼中人性的弱点。

第一颗小行星上住着一个国王。他看似能"统治"一切,是"宇宙的君主"。那些星星,"我一下命令,它们马上就服从",但其实那些命令都是空话,发生的都是他不说也要发生的事,比如说"命令"太阳在傍晚落山。在有些虚张声势、"浪头"很大的领导身上,我们可以见到国王的影子。

第二颗行星上是个爱虚荣的人。在他眼里,别人都是他的崇拜者。尽管这个星球上只有他一个人,但他要小王子承认他是"这个星球上最英俊、最摩登、最富有、最有学问的人",他对小王子说:"你得帮我这个忙,你只管崇拜我就是了!"在当下的文化界、演艺圈,这样的人似乎并不少见。

第三个是酒鬼。他喝酒是为了忘记他的羞愧,而羞愧正是由于喝酒。这种黑色幽默,让人想起"可怜之人必有可恨之处"那句话。

第四颗行星是个商人的星球。他整天忙忙碌碌,小王子对"我"是这么说他的:"他从没闻过花香。他从没望过星星。他从没爱过一个人。除了算账,他什么事也没做过。他成天……说个没完:'我有正事要干!我有正事要干!'……可是这算不得一个人,他是个蘑菇。"如今,"蘑菇"无所不在,成了"土豪"或者"精英"。

第五颗行星上,有个点灯人,他不停地点亮和熄灭路灯。这个有点傻气的点灯人,却是唯一让小王子有好感,甚至愿意和他交朋友的人。小王子对自己说:"国王也好,爱虚荣的人也好,酒鬼也好,商人也好,他们都会瞧不起这个人。可是,就只有他没让我感到可笑。也许,这是因为他关心的是别的事情,而不是自己。"就这样,作者表明了他对自私这个很普遍的人性弱点的厌恶。

第六个人是个地理学家,但他从不离开自己的书房。这当然又是讽刺。

我们看到,圣埃克把他对人性弱点的失望、对现实生活的愤懑，用童话故事的形式，写进了书里。

二、小王子为什么要离开他的星球？他和毒蛇有什么约定？

在 B 612 号小行星上，小王子爱上过一朵玫瑰。这朵玫瑰很美，但是骄傲、虚荣，有点"作"。小王子还太年轻，不懂怎样去爱她，有次一生气，就离开了她，离开了他的星球。

他拜访了附近的几个星球后，来到了地球，在沙漠中遇见了那条毒蛇，并和它约定，一年以后倘若想念自己的星球，就来找它，让它把他送回去。

小王子穿过沙漠、山岩、雪地，来到一座玫瑰盛开的花园，在这儿遇到了狐狸，狐狸让他明白了，那朵玫瑰是他驯养过的，他要对她负责。他想念玫瑰，想念自己那颗比一座房子大不了多少的星球。在来到地球整整一年的那一天，他来到当初和蛇约定的地点。他让毒蛇在他脚踝上咬了一口，随即像一棵树那样，缓缓地倒了下去。他把沉重的躯壳留了下来，回到那颗会笑的星球上去了。

三、狐狸是个什么角色？是恋人吗？

不止一次有人问我，狐狸是小王子的另一个恋人吗？我想这是一个 open question，动画片可以有动画片的解读，每个读者也可以有自己的解读。就我而言，我觉得与其说狐狸是恋人，不如说他是哲人。听过我最喜欢的法国演员钱拉·菲利普和其他演员朗读的《小王子》。其中的狐狸,是由一个声音并不年轻,而嗓音有些特别的男演员配音的,这比较符合我的想象。

狐狸是个智者,是个哲学家。是他,告诉了小王子这个秘密:本质的东西用眼是看不见的,只有用心才能看见。是他,把"驯养"这个重要的概念告诉了小王子,让小王子明白了"正是我为我的玫瑰花费的时光,才使我的玫瑰变得如此重要",明白了"对我驯养过的东西,我永远负有责任"。来到地球的这一年中,小王子懂得了爱的真谛。

四、对我们来说,"驯养"意味着什么?

"驯养"是全书中唯一的哲理性很明显的词汇。借用写诗有"眼"的说法,也许可以说,"驯养"就是全书的"眼"。它的原文是 créer des liens,字面意思是"建立联系"。我考虑再三,译成了"建立感情联系"。我觉得,非如此不足以表达作者所说的"驯养"的真正含义。驯养,或者说建立感情联系,在智者狐狸的口中带有诗意:"你要是驯养了我,我俩就彼此都需要对方了。你对我来说是世界上独一无二的。我对你来说,也是世界上独一无二的","要是你驯养我,我的生活就会变得充满阳光。……一旦你驯养了我,事情就变得很美妙了!金黄色的麦子,会让我想起你。我会喜爱风儿吹拂麦浪的声音","你如果想要有朋友,就驯养我吧"。就这样,交朋友,或者说寻找纯真的友谊,被圣埃克赋予了充满诗意的哲理意味。

那么,"驯养"今天对我们还有意义吗?我想,只要母亲还不是成天对孩子说"我有正事要干",只要朋友间还能悠闲地一起喝个茶,驯养就有意义。只要爱情、亲情、友情还有意义,驯养就有意义。这种意义,充满着诗意,如果你愿意把它说成"法式的浪漫",那也不错。

五、小王子一天最多看过几次日落?

在来到地球之前,有很长一段时间,小王子的生活是忧郁的,他"唯一的乐趣就是观赏夕阳沉落的温柔晚景"。他一天中最多看过几次日落呢?有的版本说四十三次,有的版本说四十四次。

法文七星文库版的正文中作"四十四次",但编者加了一条注释,说明打字稿(相当于初稿)中作"四十三次"。为什么初稿和定稿不同,原因不得而知。有人说是因为"四十四次比较好听"。若是指中文,似乎未必。若是指法文,quarante-quatre 和 quarante-trois,我觉得都好听。

我更关心的是,作者笔下笑声像银铃般可爱的小王子,为什么常会带有几分忧郁呢?

六、作者是在怎样的环境和心境中写作这部小说的?

小王子的忧郁,是作者心情的投射。圣埃克(圣埃克絮佩里的昵称,他喜欢朋友们这样称呼他)是个空军飞行员,但在希特勒的军队用六周时间就摧毁了法国军队以后,他无奈地离开了军队,离开了祖国。1940年的最后一天,他抵达纽约,开始了流亡生活。他在异国他乡写了《空军飞行员》等作品。1942年到1943年,他在心情苦闷、压抑的情况下,写出了最重要的作品《小王子》。那段忧郁的日子里,他在给友人的信上,这样写道:"这儿有一颗干涸的心……一颗干涸的心……一颗干涸到再也没法生出泪水的心!"在信纸上,他随手画了孤零零站在小星球上的小王子。从某种意义上说,小王子就是圣埃克本人。他于1944年重返法国空军部队后,驾机前去执行侦察任务,就此消失在蓝天中,再也没有返回地面,其悲壮和凄美,让人想起小说末尾的小王子:"他像一棵树那样,缓缓地倒下。由于是沙地,甚至都没有一点声响。"

七、心情压抑的作者,写出温暖人心的作品,这个情况罕见吗?

从文学史上看,这个情况好像并不罕见。普鲁斯特在《追寻逝去的时光》中写道:"真正的作品不会诞生于明媚的阳光和闲谈,它们应该是夜色和安静的产物。"他还说:"人们期待着痛苦以便工作。"这个说法,和我们所说的"痛苦出诗人"何其相似。

托尔斯泰读了安徒生的童话后,说:"他的内心,真孤独啊!"这句话,用在写《小王子》的圣埃克絮佩里身上,想必也是合适的。他在献词中写道:"我把这本书献给一个大人……这个大人生活在法国,正在挨饿受冻。他很需要得到安慰。"其实圣埃克絮佩里自己,何尝不需要得到安慰呢?但写作的人在需要安慰的同时,也需要孤独寂寞的时刻。心情压抑的作者,在孤寂中把内心珍藏的温暖投射到了作品之中。

八、作者画的小王子,为什么一开始有翅膀,后来却没有了?

圣埃克絮佩里在创作《小王子》的过程中,随手画过很多草图,其中有一些,后来作为插图和小说一起问世。法国七星文库本在出版圣埃克絮佩里全集时,收入了另一些不曾发表的草图。起初的小王子,在作者的画笔下是高居云端、长着翅膀的。画着画着,云朵消失了,翅膀也没有了。小王子,不再是小天使的形象。他是怎么从 B 612 号小行星飞到地球上来的,作者相信这不是他的小读者最关心的问题——这是好莱坞动画片最关心的问题,因为其中有制作音效和视觉冲击效果的巨大空间。孩子们更关心的,也许是他一路上遇到了哪些人哪些事,是那朵骄傲的玫瑰,是天上会笑的星星。圣埃克絮佩里后来觉得无须为小王子画上翅膀,我猜想就是为了使整个作品更纯净,更明澈,更有诗意。

九、《小王子》是童书吗?

《小王子》当然是儿童文学作品,也就是我们说的童书。但我想说的是,它不仅仅是一本童书,它是一本适合任何年龄段的读者阅读的文学作品,是一部真正的经典。

儿童文学作品可以分成两类。一类是真正写给孩子看的,另一类既是写给孩子,同时也是写给成人看的,或者说,是写给葆有童心的大人看的。《小王子》就是这一类作品。

《小王子》写于 1942 年,但今天我们阅读这本书,仍会感到内容是那么新鲜,人物是那么鲜活,半个多世纪的漫长岁月,并没有在它和我们之间造成任何隔阂,它的文字,包括它的插画,都是历久弥新的。这,就是经典的魅力。

2015 年 10 月在苏州慢书房讲座上发言的整理稿。同月在《东方早报》上刊登时,标题改为"与其说狐狸是恋人不如说是哲人"。

"大王子"是个败笔

邵　岭：您作为原著的译者，怎么看待正在上映的电影《小王子》？

周克希：它有让我很感动的部分。比如当中有二十分钟到半小时左右的段落，是用折纸加定格动画的方法来拍的。用导演的话来说，这是向圣埃克絮佩里致敬的环节，因此非常忠实于原著。里面出现的纸偶，做得非常好，很贴近作者本人在书中插图里所绘的小王子形象，出来的效果也很感人。

可惜这一段在电影中很短。在它的前后都增加了很多内容，特别是后面出现的大王子这一部分，使我感到很突兀——可能我有点保守吧。那些飞机飞过太空的镜头能产生很强的视觉冲击和声音效果，这点我能理解，毕竟导演来自好莱坞，而没有视效和声效就不成其为好莱坞了；但同时让我感到遗憾的是：为什么要把小王子的篇幅省下那么多来给大王子呢？

小王子是个有水晶般纯净的心的小人儿。原著里有一个段落，小王子对"我"说，那个商人"除了算账，他什么事也没做过。他成天……说个没完：'我有正事要干！我有正事要干！'……可是这算不得一个人，他是个蘑菇。"说到这里他非常激动，金黄色的头发在风中摇曳，脸涨得通红。面对这样的小人儿，我们许多大人，包括小说中的那个"我"，都会感到惭愧。但就是这样一个小王子，在电影里慢慢长成了一个麻木的、唯唯诺诺的、被商人所控制的大王子，做一个清洁工，浑浑噩噩地打发日子。最后幸亏那个小女孩驾驶飞机去拯救了他，才让他回复初心，回归自己。

这一部分，破坏了我心目中小王子的美好形象。对于《小王子》这样一部经典作品的改编，为什么不能保持一个开放式的结尾，而一定要通过小女孩的嘴来问"假定小王子没有回到他的玫瑰身边，而是在别的地方会怎么样"，然后真的给出一个答案呢？我也跟朋友讨论过，后面关于大王子的部分究竟是梦境还是真的？有人说可能是梦，从那架红色的飞机出现开始可能就是梦境。但不管是不是梦境，都是导演想讲的事情。导演是个大人，大人就会这么"合乎逻辑"地想要讲一讲小王子后来发生的事。我虽然是学数学出身的，但我更爱童真的诗意，更愿意相信小王子永远有颗纯净的心。他为对他的玫瑰负责，而离开这个地球，回到了那颗会笑的星星。

邵：说到开放性结局，我听说有一部法语作品叫《小王子归来》，曾经有出版社想请您翻译，被您婉拒了。

周：是这样。那是好多年前的事了。在我心目中，《小王子》本身就是很完美的一本书，那样的结局本身就很好。完美的东西，自然是完备的，它不需要什么续集。

当年，宫崎骏曾婉拒拍摄《小王子》电影的建议，他说："不，小王子是一颗钻石，太纯净，太完美，我不会去碰它。"我觉得这个话讲得太好了。

邵：您是觉得它没有办法被改编成电影吗？还是说可以有更好的改编方式？

周：我不是说它不能被改编。我也知道，如果完全照原著来拍，可能对话会特别多而镜头转换不会很多，体现不出电影的优势。我只是觉得，原著里有很多精彩的对话，比如狐狸对小王子说："你的头发是金黄色的。所以……金黄色的麦子，会让我想起你。我会喜爱风儿吹拂麦浪的声音……"比如"只有驯养过的东西，你才会了解它"，这些话在电影里都被省略了，最多只是掠过一些镜头，这实在太可惜了。

我的年轻朋友中，也有看完电影以后感动得热泪盈眶的。看来这部电影在吸引年轻观众这一点上还是成功的，这大概正是主创团队的出发点。我也许是太老了。

邵：我注意到，电影《小王子》的海报上有四个字：不要长大。这也被视为导演为该片赋予的主题。片中大段出现的大王子情节，其实也与此相关。但原著要表达的显然不是儿童和成人的对立。对此您怎么看？

周：我希望小王子不要长大，他是我们心中那点珍贵的童心的象征。就让小王子永远是小王子吧。我们没法不长大，但看过《小王子》、热爱小王子的大人，也许会记住"每个大人起先都是孩子"，会努力在纷扰的世界中，珍惜、呵护心中那份尚未泯灭的童心。

邵：电影上映之后，中文版的一些用词也在原著粉丝中引发了争议，比如把大家已经习惯了的"驯养"译成"驯服"；还有很著名的那句话：本质的东西用眼睛是看不见的，要用心才能看见。"本质的东西"在电影中变成了"最重要的东西"。对此您怎么看？

周：作为一部经典小说，《小王子》问世以来被译成多种语言，光英语版本就有不少。我估计这部电影参考的就是某一个英语译本。

　　比如你刚才提到的把"驯养"译成"驯服"。"驯服"和"驯养"显然是有所不同的。法文 apprivoiser 并没有驯服的意思。电影里面说，"驯服"是"建立羁绊"，这实在是一个很奇怪的中文表述。法文 créer des liens 是"建立联系"的意思，我译成"建立感情联系"。它是带有褒义的。我的一位做母亲的朋友告诉我："我觉得我跟女儿就是一种驯养关系。"我同意这个说法。寻找纯真的感情（其中包括亲情、友情、爱情)的过程,就是驯养。驯养可以发生在人与人、人与动物,甚至人与物件之间,联系我们日常生活的经验,这是很容易理解的。但"建立羁绊"就有贬义了。

仍然是关于驯养的段落,狐狸说:"你要是驯养了我,我俩就彼此都需要对方了。"电影里说的是"我们就需要彼此",听起来很别扭。中国人是这么说话的吗?即便是翻成"我们彼此需要",也比"需要彼此"好。

你刚才提到书中那句很重要的话:本质的东西用眼睛是看不见的,要用心才能看见。在电影里变成了"最重要的东西用眼睛是看不见的,要用心才能看见"。我确实看到过某些英语译本里把原文的 l'essentiel 译成 "the most important things",这就有出入了,本质的东西和最重要的东西并不是一回事。估计电影参考的就是这个英文版本(有别的英译本译作 anything essential,我觉得更贴近法文原文)。但是我没有看到电影脚本,所以只是猜测而已。

邵:您说到"彼此需要对方"、"需要彼此"和"彼此需要",这几种译法您当初在翻译的时候也有过比较衡量吗?还是第一时间就想到了"彼此需要对方"这个表达方式?

周:这是十几年前的翻译,我当时应该斟酌过这句话怎么翻译比较好,但肯定没有考虑过"需要彼此"和"彼此需要"这两种表达。有可能,我会在写下"对方"两个字时犹豫过,斟酌过有没有不用"对方"这两个字的其他译法。但"需要彼此"我肯定是不会考虑的。翻译《小王子》,我对自己提出的要求是明白如话。如果一句话、一个词是我们平时不会说的,那我就不会这么写。斟酌再三,我还是觉得"我们彼此都需要对方"更像我们平时所说的话。

邵:这个完全是从语感角度出发对吗?

周:对,仅仅是就语言而论,没有任何其他意思。总的来说,宫崎骏没能做的事情,奥斯本做了,这本身已经够了不起了。而这部电影能够在戛纳电影节上让大家都起立鼓掌,它就是成功的。

但是成功的电影未必每个人都要为之鼓掌叫好。

据 2015 年 10 月与邵岭对谈录音稿整理而成。在《文汇报》刊登时,标题为"这是一部成功的电影,但未必每个人都要为之鼓掌"。

三、说不尽的普鲁斯特

时间在艺术中永存

英国文学评论家康诺利在《现代主义代表作 100 种》中，把《追寻逝去的时光》誉为"百年一遇的杰作"。

马塞尔·普鲁斯特（1871—1922）出生在巴黎一个艺术气氛浓厚的家庭，但从小就因哮喘病而被"逐出了童年时代的伊甸园"。他的气质是内向的，敏感到了近于病态的程度。他受外祖母和母亲的熏陶，喜欢塞维涅夫人、乔治·桑和英国维多利亚时代的一些作家；他又受中学老师的影响，推崇十七世纪的法国古典作品。他倾心于圣西门、巴尔扎克、波德莱尔和福楼拜；一度还热衷于英国作家约翰·拉斯金论述建筑和艺术的作品。从中学毕业到父母去世的这段时间（1889—1905），普鲁斯特经常出入上流社会的社交圈（对此他后来颇感愧疚，但这段经历毕竟让他有充裕的时间和很好的机会，对日后作品中的人物作了细致而独到的观察），为报刊撰写有关贵族沙龙生活的专栏文章，发表评论、小说和随笔，模仿心仪的作家写些习作，还按照母亲建议的直译原则，字斟句酌地翻译了拉斯金的两部著作《亚眠的圣经》

和《芝麻与百合》。他周围的熟人都以为小马塞尔只是写着玩玩。然而，他不断地做笔记，积累素材，1896—1900年间断断续续在练习本上写下了自传体长篇小说《让·桑得伊》的草稿。直到1950年（作者去世二十八年以后）人们整理普鲁斯特留下的一大堆文件时，无意间发现了《让·桑得伊》的手稿，才于1952年汇集出版。在这部作品中，我们已经可以找到《追寻逝去的时光》中的不少特征。一些使普鲁斯特魂牵梦萦的场景，日后会以更为完美的形式写下，而在这里已经初露了端倪。

《让·桑得伊》中的观察者已是一位大师。然而普鲁斯特并不满足于观察。他以时间作为主题，用生命的最后十五年写出了令人叹为观止的杰作《追寻逝去的时光》。这是一部"追根溯源重现法兰西思想的每个时期"（乔治·普莱语）的巨著，其意义是嗟叹韶光易逝、追怀个人遭际的感世之作所不能同日而语的。

他是柏格森的姻亲，并深受这位膺获诺贝尔文学奖的法国哲学家的影响。柏格森创造了"生命冲动"和"绵延"这两个哲学术语，来解释生命现象。他认为，生命冲动即绵延，亦即"真正的时间"或"实际时间"，它是唯一的实在，无法靠理性去认识，只能靠直觉来把握。普鲁斯特接受了柏格森的观点，认为"正像空间有几何学一样，时间有心理学"。每个人毕生都在与时间抗争。我们本想执著地眷恋一个爱人、一位朋友、一些信念；遗忘却从冥冥之中慢慢升起，湮没我们种种美好的记忆。但我们的自我毕竟不会完全消失；时间看起来好像完全消失了，其实也并非如此，因为它在同我们自身融为一体。这就是普鲁斯特的主导动机：寻找似乎已经失去，而其实仍在那儿、随时准备再生的时间。普鲁斯特用了 A la recherche du temps perdu（"追寻逝去的时光"）这么个哲学味道很浓、相当柏格森化的书名，就再清楚不过地点明了这部卷帙浩繁的作品的主题。

本书书名的翻译，1991 年的中译本为《追忆似水年华》。英译本 Remembrance of Things Past（意为"往事的回忆"）从 1920 年代起各卷陆续问世。1992 年企鹅出版社出版修订本时，易名为 In Search of Lost Time（意为"追寻逝去的时光"）。德文译本 Auf der Suche nach der verlorenen Zeit、西班牙文译本 En busca del tiempo perdido、意大利文译本 Alla ricerca del tempo perduto、日文译本"失われた時を求めて"，均意为"寻找失去的时间"。

失去的时间，怎样去寻找呢？普鲁斯特在 1908 年计划写作这部作品的同时，先着手写了另一部"关于小说的小说"《驳圣伯夫》。他在序言中写道：

> 对于智力，我越来越觉得没有什么值得重视的了。我认为作家只有摆脱智力，才能在我们获得的种种印象中将事物真正抓住，也就是说，真正达到事物的本身，得到艺术的内容。智力以过去的时间的名义提供给我们的东西，未必就是那样东西。我们生命中的每一时刻一经过去，立即寄寓并隐匿在某件物质对象之中，就像民间传说中的灵魂托生那样。生命的每一刻都围于某一物质对象，只要这一对象没被我们

发现，它就会永远寄寓其中。我们是通过这个对象来认识生命的那一时刻的；它也只有等到我们把它从中召唤出来之时，方能从这个物质对象中脱颖而出。而它囿于其间的对象——或者不如说感觉，因为对象是通过感觉与我们互相关联的，我们很可能无从与之相遇。因此，我们一生中有许多时间，很可能就此永远不复再现。

普鲁斯特的一大贡献，在于他出示给人们一种回忆过去的方式，那就是不由自主的回忆。自主的回忆借助于智力和推理，是不可能使我们感到过去再现的。只有不由自主的回忆，才能通过当时的感觉与某种记忆之间的偶合（无意识联想），使我们的过去存活于我们现在感受到的事物之中。

　　我曾在乡间一处住所度过许多个夏季。我不时在怀念这些夏季，……对我来说，它们很可能已经一去不复返，永远消逝了。就像任何失而复现的情形一样，它们的失而复现全凭一种偶合。有一天傍晚，天在下雪，我从外面回来，在屋里坐在灯下准备看书，但一时没法暖和过来。这时，上了年纪的厨娘建议我喝杯热茶；而我平时是不大喝茶的。完全出于偶然，她还给我拿来几片烤面包。我把面包片放到茶水里浸了浸，放进嘴里；我嘴里感到它软软的浸过茶的味道，突然，我产生了一种异样的心绪，感到了天竺葵和香橙的芳香，一种无以名状的幸福充满了全身；我动也不敢动，唯恐在我身上发生的不可思议的一切会就此消失;我的思绪集中在这片唤起这一切奇妙感觉的浸过茶的面包上,骤然间,记忆中封闭的隔板受到震动松开了,以前在乡间住所度过的那些夏天,顿时涌现在我的意识之中,连同那些夏天美好的早晨,一一再现了。我想起来了:原来我那时清晨起来,下楼到外祖父屋里去喝早茶,外祖父总是把面包干先放进他的茶里蘸一蘸,然后拿给我吃。但是,这样的夏季清晨早已成了过去,而茶水泡软的面包干的感觉,却成了那逝去的时间——对智力来说,它已经成为死去的时间——躲藏隐匿的所在。

《驳圣伯夫》中的这段文字,后来扩展改写成了《追寻逝去的时光》中"玛德莱娜小蛋糕"那个有名的段落。普鲁斯特要告诉我们的是,逝去的时光,或者说失去的时间,就是这样寻找回来的,而它一旦被找了回来,也就被我们战胜了,因为属于过去的实际时间,已经转化成了心理时间,作家正是在此刻,才感到自己征服了永恒。任何事物只有以其永恒的面貌,亦即艺术的面貌,才能被真正领悟和保存:这就是《追寻逝去的时光》的写作主旨。而在普鲁斯特看来,这种偶合是可遇而不可求的,因而"一旦那一切是经过有意识的观察而得到的,诗意的再现就全部丧失了"。

鸿篇巨制《追寻逝去的时光》有如一部看似信手写来、不讲章法，实则结构严谨、气势恢宏的交响乐。

　　小说一开头，叙述者醒来后躺在床上。童年时代的回忆，在贡布雷姑婆家的生活情景，清晰地重现了出来。然后小说的时间倒退十多年，我们看到了他家的朋友斯万与奥黛特之间的一段恋情。斯万的女儿吉尔贝特，后来是叙述者在巴黎时单恋的对象（第一卷《去斯万家那边》）。他经常到斯万家去，可是吉尔贝特对他时冷时热，渐渐他也对她冷了下来。有一天，他在巴尔贝克海滨遇到一群少女，并结识了其中的阿尔贝蒂娜（第二卷《在少女花影下》）。回到巴黎后，他对盖尔芒特公爵夫人产生了强烈的感情，并应邀去公爵夫人府上作客。外婆去世后，他与阿尔贝蒂娜关系亲密起来，在对蒙着神秘面纱的贵族生活有所了解以后，他感到怅然和失望（第三卷《盖尔芒特家那边》）。重返巴尔贝克，他意外地发现了阿尔贝蒂娜是同性恋者的隐情。他觉得到处都是罪孽和不幸（第四卷《所多玛与蛾摩拉》）。阿尔贝蒂娜答应和他一起到巴黎同居。他感到自己负有文学使命，同时又无法摆脱由阿尔贝蒂娜引起的妒意（第五卷《女囚》）。他感觉到阿尔贝蒂娜似乎正从他身边离去。不料有一天，她当真不见了。他得知她死于骑马失事后，很想念她，想在别的少女身上找到她的影子（第六卷《失踪的阿尔贝蒂娜》）。第一次世界大战爆发，他伤感地看到社会的变化，觉得自己在文学上的使命感似乎幻灭了。然而在一次社交晚会上，发生了一连串偶然的事情，使他骤然间产生了一个意想不到的灵感：通过一部作品来重现过去的时光。于是他又回到全书的开头，成了那个醒着躺在床上的人（第七卷

《寻回的时光》)。因而，这部作品既是小说本身，同时又是叙述者（作者）完成这部小说的心灵历程的记录。

普鲁斯特曾把这部作品的结构比作大教堂："我曾经想过为我的书的每一卷分别选用如下标题：大门，后殿彩画玻璃窗，等等。这部作品唯一的优点正在于它的整体，它的每个细小的组成部分都很结实……"确实如此，在这部作品里有那么多精心安排的对称结构，那么多在两翼相呼应的细部，又有那么多石块在开工伊始就码齐放正、准备承受日后的尖拱，所以当我们看到最后竣工的这座大教堂——厚厚七卷的《追寻逝去的时光》，看到"无形无色、不可捕捉"的时间凝固为物质的时候，我们会很自然地想起法国作家安德烈·莫洛亚那句精辟的论断："对于1900年到1950年这一历史时期而言，没有比《追寻逝去的时光》更值得纪念的长篇小说杰作了。"如果考虑到莫洛亚以后的小说创作状况，我们甚至不妨说，这一历史时期还可以再延长五十年。

杰作的命运常常是坎坷的。1912年，普鲁斯特将已写成的一千多页手稿（《去斯万家那边》、《盖尔芒特家那边》和《寻回的时光》）托人送交负责《新法兰西评论》的著名作家纪德，但纪德拒绝推荐出版这部小说。在其他几家出版社，普鲁斯特也都遭到冷遇。事隔两年以后，纪德意识到自己犯了一个极其严重的错误，他致信普鲁斯特，诚恳地表示愿意出版这部小说。纪德后来在文学评论集《偶感集》中这样写道："普鲁斯特的文章是我所见过的最讲究艺术的文章。艺术一词如果出自龚古尔兄弟之口，会让我觉得可厌。但是一想到普鲁斯特,我就对这个词丝毫也不反感了。"这位曾指斥罗曼·罗兰"没有风格"的文坛泰斗,对普鲁斯特的风格给予极高的评价:"我在普鲁斯特的风格中寻找不到缺点。我寻找在风格中占主导地位的优点,也没有找到。他有的不是这样那样的优点,而是无所不备的一切优点……他的优点不是先后轮流出现,而是同时一齐出现的。他的风格灵动活泼,令人惊叹。任何另一种风格和他的风格相比,都显得黯然失色、矫揉造作、缺乏生气。"

确实如此,普鲁斯特的风格并非单一的一种风格,无论叙事状物还是人物的对话,他都有着不同的处理。曾经被人诟病为"臃肿冗长"的长句,在他的笔下不仅是必要的,而且是异常精彩的,因为他确实有那么些纷至沓来、极为丰赡的思想要表达,确实有那么些错综复杂、相当微妙的关系和因由要交待,而这一切,也只有他的笔才能写得如此从容,如此美妙。普鲁斯特的这种写法,是很少有人能够仿效的,因为,倘若要像他那样去写,首先就得有像他那样层次丰富而多变化的细腻感受才行。翻译他的作品,是一个既艰苦又愉悦的过程。每译几段,我总会预感到前面有美妙的东西在等着我;那些无比美妙的东西,往往有层坚壳裹着似的,要使劲(常常是使出浑身解数)打开壳,才会惊喜地发现里面闪光的内容。

普鲁斯特自小患有哮喘病,随着年岁的增长,病情愈来愈严重。从三十五岁起,他已无法像正常人那样生活,由于备受哮喘和失眠的折磨,他杜绝了一切社交活动,几乎足不出户地过着自我幽禁的生活。为了避免声音的干扰，房间的墙壁全都加上了软木贴面；为了避免植物气味对气管的刺激，窗户从早到晚关得严严实实。《追寻逝去的时光》正是普鲁斯特在生命的最后十五年，在这种常人几乎无法想象的境况中写成的。"幸福的岁月是失去的岁月，人们期待着痛苦以便工作。"普鲁斯特的这句话，有一种悲壮的美。

普鲁斯特以他的天赋和心血，使逝去的时光在他笔下得以重现，使时间在艺术中复活并永存。然而，要让他感受到的时间在使用另一种语言的读者心中复活，到今天为止还是一个相当艰难、尚未完成的使命。

在将近一年的犹豫和准备后，花了一年半时间译就的这部《去斯万家那边》，仅仅是全书七卷中的第一卷。这一卷的翻译过程中，凝聚着许多朋友的心血，其中涂卫群女士和张文江先生自始至终提灯照明般地披阅译文初稿并提出许多中肯的意见，王安忆女士也对部分译文作了仔细的修改。没有这些朋友的关心、鼓励和无私帮助，译稿是不可能有现在的面貌的。我感受到友情的可贵，也从另一个角度体会到了普鲁斯特小说的独特魅力。

《追寻逝去的时光·第一卷·去斯万家那边》（译文出版社 2004 年 5 月版）译序。2012 年华东师大出版社将此书收入"周克希译文集"，此文作为附录。

《去斯万家那边》出版前后

1912. 2. 23

普鲁斯特通知阿尔贝·纳米亚斯(证券经纪人,当时在帮助普鲁斯特整理手稿),有"一整本"手稿要请他誊清并交付打字。

1912. 3. 1

普鲁斯特在证券交易中赔了 40 000 法郎。

1912. 3. 21

《费加罗报》刊登普鲁斯特小说的选段"白色和粉红色的山楂花"。

1912. 4. 3(或 4 日)

选段发表后引起反响,普鲁斯特觉得其中存在对小说主题的误解:读者认为那是一部有关童年的回忆录,其实他要写的是一部创作意义上的、经过浓缩提炼的小说。

1912. 6

取回"地方与地名：地名"的打字稿。

1912. 6. 4

《费加罗报》刊登小说选段"阳台上的光影"。

1912. 8. 7—9 月

在卡堡（小说中巴尔贝克的原型）小住。

1912. 9. 3

《费加罗报》刊登选段"乡村的教堂"。

1912. 10 月—11 月

普鲁斯特开始为小说寻找出版商，小说题为《心灵的间歇》。

约于 10 月 25 日写信给安托万·比贝斯科，表示希望在《新法兰西评论》的出版社（由加利玛和《新法兰西评论》杂志社同仁纪德、科博、施伦贝格等一起创立的出版社，日后的加利玛出版社的前身）出书。11 月 2 日普鲁斯特与加利玛洽谈，9 日或 10 日将打字稿寄给加利玛，并对后续部分作了阐述。

但当时主其事的科博尽管对在《费加罗报》上发表的文章颇为赞赏，却一口回绝出书要求。他们对普鲁斯特有一种先入为主的成见，觉得他只是个经常出入社交场的纨绔子弟，况且，这些作家向来主张少长句、去修饰的文风，普鲁斯特绵延不尽的长句，在他们看来是"缺乏剪裁，文笔荒疏"。

10月26日，普鲁斯特请施特劳斯夫人提醒《费加罗报》主编卡尔梅特（第一卷就是题献给他的），他曾答应代向法斯盖尔出版社联系出版事宜。卡尔梅特26日当天即与出版社联系，28日回信给施特劳斯夫人，说法斯盖尔"欣然承诺"出版此书。于是普鲁斯特送去了打字稿，并对此书的出版充满期望。他在信中告诉法斯盖尔，已交卷的第一卷名为《逝去的时光》，其余的内容将写成另一卷，准备取名为《寻回的时光》，总书名则为《心灵的间歇》，以生理疾病来影射心理世界。他在给好友路易·德·罗贝尔的信中写道："我真的觉得一本书就是我们身上掉下的一块肉，它比我们自己更重要，所以我现在为了它，像父亲为了孩子一样四处求人，是再自然不过的。"但是，接下去却杳无音讯。普鲁斯特去找卡尔梅特，对方不接待。去看法斯盖尔，也吃了闭门羹。

原来，出版社把稿子交给了作家雅克·诺尔芒审读，此公在审读报告上这么写道："把这部七百十二页的稿子从头到底看完（……）简直不知所云。它到底在讲些什么？它要说明什么意思，要把读者带到哪儿去？——我只能说我一无所知，无可奉告！"

2012.12.23—24

普鲁斯特分别收到加利玛和法斯盖尔的否定答复，打字稿也都退了回来。他请路易·德·罗贝尔设法联系奥朗道夫出版社。

1913.1 月初

普鲁斯特托罗贝尔把一份打字稿转交奥朗道夫出版社。

1913.2 月约 19 日

奥朗道夫出版社总编恩布洛给罗贝尔发去退稿信。他在信中写道:"我这人可能是不开窍,我实在弄不明白,一位先生写他睡不着,在床上翻过来又翻过去,怎么居然能写上三十页。"

普鲁斯特知道此事后,在给朋友的信上激动地说:"你把精神生活的体验,把你的思想、你的痛苦都浓缩在了(而不是稀释后加进)这七百页文稿里面,而那个人手里拿着这文稿,却不屑一顾,还说出这种话来!"

1913.2 月约 20 日

请勒内·布吕姆看看年轻的出版商格拉塞是否有意用赊购(即由作者预付出版费用)的方式出版此书。答复是肯定的。于是双方正式洽谈。

1913 年 3 月

普鲁斯特与格拉塞签订的合同中写明,作者先期出资 1750 法郎,以后再支付校样修改等费用。第一批 45 印张校样改完送交出版社时,普鲁斯特就另行支付了 595 法郎"校样重排费"。

这样一来,普鲁斯特反倒放开了手脚,他在校样上大刀阔斧进行删改,有时"二十行删得剩下不到一行"。与此同时,从一校样直到五校样，他不断地增补内容。删减得多，增补得更多，所以单单一校样，修改后篇幅就增加了一倍。最后，格拉塞觉得篇幅实在太大，非要普鲁斯特作大幅度的删节不可。出于无奈，普鲁斯特把第三部一分为二，让前一半留在了11月终于问世的第一卷里。后一半日后放在第二卷中。

1913. 3. 11

格拉塞寄给普鲁斯特一份出版合同，普鲁斯特签字后于13日寄回。

从3月31日至6月11日，印刷商柯兰排版打印第一份校样，共95张长条校样（每张8页）。

1913. 3. 25

《费加罗报》刊登选段"复活节假期"。

1913. 4. 19

普鲁斯特听了弗朗克的《钢琴与小提琴奏鸣曲》后，对小提琴家埃奈斯科充满力度的演奏留下深刻印象。因此反思了自己在音乐上的审美情趣，并在校样上对有关圣厄韦尔特府音乐会的段落作了修改，并安排了凡特伊留下一部遗作的情节，以便在小说后续内容中阐述自己新的音乐观念。

1913. 4. 30

普鲁斯特又在证券交易中损失好几十万法郎。

1913. 5. 23

将修改过的校样送还格拉塞:经大量修改、裁剪、增添、挪动后,这几乎是本新写的书。此时,普鲁斯特设想中的小说分为两卷,第一卷叫《去斯万家那边》,第二卷叫《盖尔芒特家那边》,总的书名叫《追寻逝去的时光》。"所以,不再会有什么'心灵的间歇'了"。

1913. 初春或 6 月

阿尔弗雷德·阿戈斯蒂奈利(1907 年普鲁斯特在卡堡与这位当时是出租车司机的美男子相识)进入普鲁斯特的生活:他来巴黎找工作。普鲁斯特因已有司机,就请他担任秘书。阿带"妻子"安娜一起住进普鲁斯特家里。普在给朋友的信中曾抱怨这种三人"共同的"生活让他很烦心。

1913. 6. 19

普鲁斯特寄给路易·德·罗贝尔二校样(30 张长条校样),内容即《贡布雷》。罗贝尔给他许多细节上的建议,包括劝他改掉"去斯万家那边"这个"令人讨厌的"卷名。

1913. 7. 2 或稍前

普鲁斯特给罗贝尔回信,表示他"想要的是一个简简单单的、毫不抢眼的书名"。几天以后(7月2日至10日间),他又去了一封信。里面写道:"既然这一卷整个都是以斯万家那边为背景的,我更觉得这个书名简朴、实在、不华丽、不抢眼,就像诗意得以从中萌生的劳作本身一样。"

1913. 7 月底

普鲁斯特已校毕第二批校样(长条校样61张),柯兰从7月31日起打字誊清三校样,8月28日完成。

1913. 7. 26

启程去卡堡。

1913. 8. 4

突然与阿戈斯蒂奈利一起坐火车回巴黎。何以会如此匆忙地离开疗养胜地卡堡,以及他与阿之间到底是什么关系、1913年间他们三人如何生活,这些始终是个谜。

1913. 10. 12

普鲁斯特修改小说的终校样。

1913. 11. 8

印刷完毕。

1913. 11. 14

《去斯万家那边》开始在书店上架。

1913. 12. 5 或 6、7 日

给记者、作家勒内·布吕姆(他帮助普鲁斯特与格拉塞联系)写信,谈及这本书在他自己心中的地位。信中写道:"我把自己的思想乃至生命中最好的部分,都倾注在这本书里了……这是一本非常现实的书,不过,为了模拟不由自主的回忆,在一定程度上借用了回忆往事的形式,从而使它有了优雅的形态,有了茎梗作依托。"

1914. 2. 6

给他的"知音"雅克·里维埃写信,表示这本书绝不仅仅是回忆。信上写道:"倘若没有理性的信念,倘若仅仅是想回忆,想靠回忆重温过去的岁月,我是不会拖着病体费心劳神写作的。我不想抽象地去分析一种思想的演变,我要重现它,让它获得生命。"

2013 年 11 月《东方早报》刊登时,标题为"《去斯万家那边》的艰难出版前后"。

诗意从劳作中萌生

1912年底，普鲁斯特将《追寻逝去的时光》的雏形——《逝去的时光》和《寻回的时光》两卷本——送交出版商法斯盖尔，但被退稿。这时，作家路易·德·罗贝尔建议普鲁斯特去与奥朗道夫出版社联系。事情并没成功，但普鲁斯特很看重他与罗贝尔的友谊。6月份，他把在格拉塞出版社排版的校样第一卷寄给罗贝尔，请他提意见——这时，卷名已改为《去斯万家那边》。罗贝尔来信，说不喜欢这个新的卷名。普鲁斯特在回信中说：

如果您能帮我想一个书名，我真是太高兴了！不过我想要的是一个简简单单的、毫不抢眼的书名。您知道，总的书名是《追寻逝去的时光》（*A la recherche du temps perdu*）。第一卷（分成两部）的书名倘若叫《夏尔·斯万》，您大概不会反对吧？不过，如果第一卷不分部，出成500页的一本的话，我不会用这个书名，因为对斯万形象的勾勒在这一卷中并没有最后完成，用这个书名有点名不副实。下面这个书名您喜欢吗:《太阳升起之前》?(我不喜欢。)我已经放弃了以下这些书名:《心灵的间歇》(最初用的书名),《受伤的白鸽》(les Colombes poignardées),《往事断续》(le Passé intermittent),《永恒的爱慕》(l'Adoration perpétuelle),《七重天》(le Septième Ciel),《在少女花影下》(A l'ombre des jeunes filles en fleurs)。

几天以后,他又去了一封信。里面写道:

我曾想把第一卷取名为《春天》(Le Printemps)。可我还是不明白,贡布雷那条在本乡本土很朴实地叫作"斯万家那边"(le côté de chez Swann)的路,一旦用作书名,为什么就不能像那些抽象的、词藻华丽的书名同样有诗意呢?如果您看过第一部,您当然知道,在贡布雷有两条路,即梅泽格利兹-拉维纳兹那边和盖尔芒特家那边,前一条大家都管它叫斯万家那边。对我的内心生活来说,这两条路有着特殊的意义。而且,既然这一卷整个都是以斯万家那边为背景的,我更觉得这个书名简朴、实在、不华丽、不抢眼,就像诗意得以从中萌生的劳作本身一样。[……]不知您是否喜欢下面的这些名字:第一卷叫《茶杯里的花园》(Jardins dans une tasse de thé)或《名之纪》(l'Âge des noms)。第二卷《词之纪》(l'Âge des mots)。第三卷《物之纪》(l'Âge des choses)。我最喜欢的,还是《夏尔·斯万》,不过,考虑到斯万的形象还

三、说不尽的普鲁斯特

没有完全展开，或许不妨改作《夏尔·斯万最初的几幅肖像画》(Premiers crayons de Charles Swann)。

普鲁斯特不惮其烦地给罗贝尔解释自己的想法，这并不奇怪。这位体质羸弱的大作家，写起信来常常下笔千言——如果写的是他感兴趣的事，而看信的人又是他乐于倾谈的朋友的话。（否则他也会惜墨如金。跟《尤利西斯》的作者、大名鼎鼎的詹姆斯·乔伊斯，普鲁斯特显然是话不投机，在一次晚间聚会上两人见面后，他一反常态地在给朋友的信件中绝口不提那个夜晚。）

令人惊异的是，普鲁斯特居然考虑过这么多书名，而且，有的书名还相当滑稽。信里提到他打算放弃的那个书名"在少女花影下"，后来用作了第二卷的书名——法国学者塔迪埃和作家格勒尼埃，在不同的场合不约而同地用 ridicule（滑稽）来描述自己对这个书名的第一印象。

在普鲁斯特与格拉塞出版社的交往中，记者、作家勒内·布吕姆扮演了经纪人的角色。普鲁斯特在1913年12月给他的信中写道：

> 我把自己的思想乃至生命中最好的部分，都倾注在这本书里了，所以在我心目中，它比我至今做过的所有事情都重要一千倍、一万倍，以前的那些事情跟它相比，简直不值一提。[……]
>
> 我把总的书名定为《追寻逝去的时光》。第一卷叫《去

斯万家那边》。第二卷和第三卷的书名,在预告上分别为《盖尔芒特家那边》和《寻回的时光》,不过第二卷也可能叫《在少女花影下》或《心灵的间歇》,甚至也可能叫《永恒的爱慕》或《受伤的白鸽》,等等等等。

这是一本非常现实的书,不过,为了模拟不由自主的回忆,在一定程度上借用了回忆往事的形式,从而使它有了优雅的形态,有了茎梗作依托。

比如说,书中有一处写到一段我已经忘记,但在吃一块蘸过茶的玛德莱娜蛋糕时突然记起来的往事,〔……〕

书中还有一个地方写到刚醒来的感觉,这时你会不知自己身在何处,会以为还在两年前的异国。而所有这些,都只是这部书的茎秆,托在茎秆上的那一切,都是现实的,充满激情的,书里的我和您所认识的我很不一样,而且,远不像您所认识的我这么差劲,人家不会再老是说他"优雅"啊,"细腻"啊,而是会感觉到他是活生生的,实实在在的。

《新法兰西杂志》秘书雅克·里维埃是普鲁斯特的知音。《去斯万家那边》出版后,他给普鲁斯特写信,表达了自己的"惊叹和激动"。普鲁斯特在回信上称他为"一位猜到了我的书是有明确信念、有完整结构的作品的读者"。普鲁斯特饱含感情地写道:

不,倘若没有理性的信念,倘若仅仅是想回忆,想靠回忆重温过去的岁月,我是不会拖着病体费心劳神写作的。我不想抽象地去分析一种思想的演变，我要重现它，让它获得生命。为此，我不得不去写好些错的事情，还不能说明我认为那是错的；倘若读者以为我把它们都当成对的了，那当然很遗憾，但我也没办法。

查尔斯·司各特·蒙克里夫是普鲁斯特巨著最早、最著名的英译者。身为诗人的蒙克里夫灵光乍现，从莎士比亚的十四行诗中觅得 Remembrance of Things Past，作为英译本的书名。这个书名还有一个妙处，就是三个首字母 R、T、P，正好对应于法文书名 *A la recherche du temps perdu* 中的首字母。第一卷的书名，则译为 Swann's Way。1922 年，英译本的新书预告，在普鲁斯特去世前两个月刊出。普鲁斯特对这个书名作何反应呢？他在 9 月 14 日写信给出版商加斯东·加利玛：

> 英国的朋友——确切地说是读者朋友——写信告诉我，说他们看到了新书预告，书名（我说的只是大概的意思）不是"追寻逝去的时光"，而是"往事的回忆"。这下子，书名全给毁了。更糟糕的是"去斯万家那边"被译成了"斯万的方式"，这简直令人难以置信，我当然无法苟同。

英文中的 way，的确既可作方向、路途讲，又有方式、手段的释义。Swann's Way，在普鲁斯特眼里，成了"斯万的方式"这么个"令人难以置信"的书名。至于他对全书的书名，那个唯美的、精巧的 Remembrance of Things Past 所断然表示的排斥态度，更是值得后来的译者深思的。

2013 年 6 月 16 日《新京报》刊出。

人生太短，普鲁斯特太长

王　寅：不再把《追寻逝去的时光》继续译下去了，你会觉得遗憾吗？

周克希：是有点遗憾的，好不容易对他熟悉一点了，有一点听得懂他的话，有一点明白他大概要说些什么了，却歇手了。有些作家朋友对我说，不用那么费心加工，原原本本翻译出来，我们看得懂的。其实不然，如果逐字逐句"翻译"出来，恐怕一点也看不懂。译者必须身负重任，我是半路出家，做这件事还是相当吃力的。普鲁斯特的作品涉及的面太广了，有些段落可能会很得心应手，而有些段落，比如哲理性比较强的，或者写同性恋的段落，就会译得很吃力。这个担子我现在想放下了。

我曾经把话说得太满，曾经"出尔反尔"，一会想译，一会又不想译，现在终于想不译了，终于不想再反悔了。我翻译一卷普鲁斯特大约需要两年甚至三年时间，现在译出了第一、二、五卷，还有四卷没有翻译（第三卷译过三万字），要全部译出,少说还要有八年。我已经七十出头了,精力比以前差了。有朋友说,你现在的文字看上去还不老。也许再过两年就老了。我有些做翻译的朋友,他们曾经文字非常好,但上了八十岁大都不如从前,有所退步。

我想自己已经尽力了,有些事情还是留给别人做吧。刚开始时,以为一年半译一卷总没问题吧,没想到生活中还有其他的事情,身不由己。我现在已经很节省自己的精力,微博微信都不怎么看了。哪怕我不译普鲁斯特,也是如此。

王:现在回头再看《追寻逝去的时光》,你会作出怎样的评价?
周:《追寻逝去的时光》前六卷相当于谜面,第七卷相当于谜底,故事非常简单:一个少年有志于文学,开始时一直受到各种挫折,最后领悟到文学是怎么回事。小说中写了很多有关文学、艺术的内容,有时要"上穷碧落下黄泉"地寻寻觅觅,才能明白说的到底是什么意思。一个译者应该借助于种种手段,其中一个重要的手段就是借助英译本,我手边有两种英译本,有时候会发现英译者也没有看懂,我认为最难的那一句,英译者就干脆略去不译。

普鲁斯特让我在文学上又上了一个台阶,原来喜欢的不是普鲁斯特,有诗意的小说我不怎么接受。从小看书很杂,爱看有情节的小说,最喜欢的是《三剑客》。翻译《侠盗亚森·罗平》也让我有过一种成就感:原来俏皮的文笔我也能译。一般人认为我是一个本色演员,我更希望成为一个性格演员,说不定接下去还会译一些福尔摩斯。

真正让我安身立命的译作,就是普鲁斯特。我天赋不高,但我是一个愿意学习的人,这些年一直在弥补。我在很多事情上是没有耐心的人,但在翻译上却有耐心。我常说,我的写字台比普鲁斯特的要好些,更像一个写字台,前些年我可以在写字台前连续工作一个上午。

我这个人太顶真了,很苦恼。遇到问题,问法国人,一般人也说不清,要问专家,不是不可以,但很费劲。我们的观点一般认为不能把小说人物和作者挂起钩来,但对普鲁斯特而言,这个钩是一定得挂的,譬如,小说里出现的 tante 一词究竟是姑妈还是姨妈?依据普鲁斯特本人的情况来看,我判断应该是姑妈。我用电子邮件向法国的普学家塔迪耶先生请教了类似的四五个问题,他的回答都十分简单,譬如对这个问题的回答只有"姑妈"两个字。如果要请他再解释一下某一句的含义,就比较为难了。

我翻译用的是七星文库本,最好的版本,一半是正文,一半是校勘。普鲁斯特的手稿非常潦草,前四卷有经他本人校订的打字稿,后三卷他没有来得及校订,所以出入就比较大,颠三倒四,有些段落只是作为脚注附在书中。

王: 翻译普鲁斯特的最难之处在哪里?

周: 普鲁斯特是一个很特别的作家,他的词汇并不是多到查不到词典,不是词汇决定了他的难。你说他句子长吧,这些年下来，我倒也不觉得很可怕了，总可以弄得清楚。到底难在哪里？一句两句说不清楚。反正，很顺手的情况很少，每天都会碰到让你头痛的难题。克服了之后，就有翻译的快感，但代价太大，其中甘苦"不足为外人道"。一天平均翻译400字，如果翻译到800字，就开心得不得了。

也许可以这么说，翻译的难不是词语找不到对应，难的是他的思想性。看不懂他要说什么，译者势必会有失落感。作为一个译者，理性的分析还是要多一些，很多词往往是多义词，选择最恰当的释义至关重要。

王：如何断定你最后的选择就是准确的呢？

周：感觉，眼睛的感觉。我希望在形似的基础上求神似，如果在形式上能够接近，就尽量去接近它，如果你能够在传神的同时做到形似，为什么要放弃它呢？当然，这样做非常吃力，要反反复复考虑多种可能。惨淡经营的译文有时会给人一种错觉，好像和原文相差无几，好像很容易翻译，因为原文也就是这样。其实是已经绕了一大圈回来了。相比之下，普鲁斯特比福楼拜更有厚度，要穿透他没有那么容易，不是一下子就冒得出头来的。不像有些作家，一眼就知道他要说什么。

王：随着对普鲁斯特翻译的深入，默契的程度会不会也在增加？

周：他本来非常高，当然现在依然很高，我很低，但在翻译的时候，我们必须平等对话，必须很亲近。但假定他现在生活在我们周围,我设想和他相处不一定会很融洽。我从小生长的环境和他不同,能不能和他成为好朋友,还是个问题。他虽然不是贵族,但身上有贵族气,我去过他的故居,那是一种真正的豪华,天花板很高,墙面非常干净,不挂画,他说:画都在我心里,不需要挂出来。我就很惭愧,书法什么的都挂在墙上。他写作的那个房间里,墙上有一个钟,你仰头一看马上会想到:le temps(时间,时光)。写作的桌子很长,木头的质地很好,但式样很简单。

王:在你眼中,普鲁斯特是怎样的一个人?

周:普鲁斯特外表看起来极其谦恭,非常体贴别人。他是里兹饭店的常客,有一次,他从饭店出来,对朋友说刚才有个侍应生的小费没有给,又连忙回进饭店里去。但他内心是很自信、很强大,甚至很高傲的。

他就是因为生病,所以无法自由,最后十五年足不出户,如果不是因为严重的哮喘,他可能根本就不写了,他的天性未必是一个勤奋的人,但积累得很多,在文学上又极有天赋。曹雪芹也是这样,如果不是最后穷愁潦倒,他一肚皮的东西也不一定会写出来。

普鲁斯特的女管家塞莱斯特回忆,普鲁斯特写完第七卷时,写了一个"Fin"(完),对她说:"现在我可以死了。"我曾经怀疑这话的真实性,因为这太戏剧性了。其实也未必没有可能,普鲁斯特在生活中就有很多看似俗气的地方,只要看看他起的书名就知道了，在他的书信集里可以看出，为了想第一卷、第二卷的卷名和总的书名，他不知道想了多少名字：《受伤的鸽子》、《斯万先生的画像》等等，和现在看到的很不一样。最终定下的《追寻逝去的时光》有很强的哲学意味，所以并不讨巧。英文译本的书名也有变化，老的译本的书名取自莎士比亚十四行诗的诗句：Remembrance of Things Past（往事的回忆），普鲁斯特生前在新书预告中看到这个书名，写信给加利玛说："这下子，书名全给毁了。"后来新的英译本改成 In Search of Lost Time（寻找失去的时间），看上去很像哲学论文。我折衷了一下：追寻逝去的时光。即使这样，还是有读者接受不了。我在报上看到余华赞扬某部作品时说，就像《追忆逝水年华》一样优美。我觉得有点奇怪，普鲁斯特的这部作品仅仅只是优美吗？他既然用了《追忆逝水年华》，我斗胆猜想他可能没有怎么仔细看过。（译林版流传较广的译本，书名叫"追忆似水年华"，拙译的书名叫"追寻逝去的时光"。"追忆逝水年华"，只是我译过的一个薄薄的节本的书名——这个书名后来我自己放弃了。）

《追寻逝去的时光》和《红楼梦》很像，但哲理的内容更多。曹雪芹把汉语发挥到了极致，普鲁斯特则把法语发挥到了极致。我也翻译过其他的好作家，像福楼拜，但他们和普鲁斯特风格不一样。文字到了普鲁斯特手里，能够玩得这么转，真是了不起，他的句子再长，兜来兜去最后还是会兜回来的。长句没有什么可怕的，有时候我们写信，感情特别充沛，一下子说不完，不是也会一泻千里地往下写吗？普鲁斯特对写作非常精心，反反复复修改，你见过普鲁斯特手稿吗？他的手稿里面有像手风琴一样折叠起来的部分，法文还为此专门造了一个词，各取"纸"和"卷"两个词的前半部分和后半部分，组成 paperole，我译成"纸卷"。全书第一句很有名：Longtemps, je me suis couché de bonne heure.（有很长一段时间，我早早就睡下了）。据说，这一句是在反复修改了二十六遍之后才定下来的。我看到过其中至少四个不同的"版本"。这样看来，他说出"现在我可以死了"也是有可能的。

王：对普鲁斯特接触得多了，看透他的能力会不会比以前要强？

周：也许可以说，这方面的能力是要比以前强了一些。要有所进步，还是要浸润在里面才行。翻译在有些人看来只是雕虫小技，但会写中文、会看外文，就能够做好吗？未必。而且，好与坏，也是仁者见仁智者见智的。我年轻时很喜欢《约翰·克利斯朵夫》。普鲁斯特不喜欢罗曼·罗兰，认为这本书浮夸。后来对照原文，我发现傅雷比我们自由得多，胆子大得多。安多纳特的弟弟奥利维被巴黎高师录取、欣喜若狂的那一段中，译文中说安多纳特"清高而狷介"，原文中其实是"羞涩而骄傲"，并没有狷介这样的词，这其实是傅雷喜欢的词语，而且这样的处理在全书中并不少。

以傅雷的气质他不会翻译普鲁斯特，他也不会喜欢，傅雷喜欢比较明确的处理，读者读起来更流畅，少了很多麻烦。刚才举例的那一段里有一句"地狱里的微光",原文没有这么简单,其中说到希腊神话里的人物,按照我们的译法,会依样译出,或做一个脚注。傅雷法文好,译文中有很多闪光点。他这样处理并不是看不懂,而是有意为之。

普鲁斯特除了暧昧混沌,还有非常清晰的一面,又混沌又清晰,看似矛盾。语言清晰,有逻辑性,氛围却是混沌的,到底说什么也是混沌的。画家中修拉(Seurat)比较像普鲁斯特,莫奈和透纳也有点像。

普鲁斯特有点病态,身体气若游丝,内心却无比强大,雄心勃勃,有批评家这样评论:普鲁斯特写的并不是小说,而是整个法兰西的思想史。他也不怎么认为自己是在写小说,内容包罗万象,音乐和艺术写得很多,在第五卷里尤其如此。他在一百年前说的话现在读来,依然让人觉得新颖,不觉得过时。

王:不再翻译普鲁斯特,你会翻译其他作家的作品吗?
周:我想和社科院文学所的好友涂卫群合作,把七卷本的《追寻逝去的时光》压缩成一册二三十万字的精选本,或者说选读本,在每一卷中摘选我们认为重要或特别有意思的内容。第七卷我没有译,内容比较重要,可能会适当多选一些段落。

王:这本精选集分类和选取的标准是什么?
周:有两种意见,一种是胆子大一点,当成自己的作品,加若干自己的话，和普鲁斯特的放在一起，就像一个话本。我可能不会采用这样的做法。我们和普鲁斯特毕竟是不一样的人。我们的文字和他的文字，会用不同的字体来显示，同时说清楚哪些文字出自哪一卷。这项工作起码要花一年时间。

假如有时间，我也可能会悄悄地修改旧译，这是改不完的——普鲁斯特更是如此。但我得警惕，上了年纪，说不定自以为改好，其实是改坏了。所以这事也得适可而止。前些天回过头去看第一卷，发现了两个译错的地方，但与此同时，感到当时的确比现在更有激情。有激情而缺少经验，可能会译错一些地方，但是会有更多的闪光点，更可贵，更难得。

做翻译就多多少少要"求甚解"。我比较强调感觉，译普鲁斯特时想尽量保留语气绵长的感觉。普鲁斯特不是汪曾祺，不能有太多的短句，就是要给人缠绵的感觉。

王：真正读完普鲁斯特的人并不一定很多，你会不会介意？
周：这是件无可奈何的事情。我是一个较真的人，不是很放得开，心里还是有点小小的难过的，我心里会想：你们就看看吧，我们已经尽心尽力了，虽然离开完美还很远——翻译普鲁斯特完美是不可能的。普鲁斯特其实是具有可读性的作家，只是没有故事而已，不像乔伊斯，我很虔诚地、毕恭毕敬地想读《尤利西斯》、《芬尼根守灵夜》，但是读不下去。

普鲁斯特，很多作家都没有完整地看过，上海的作家因为认识，一般会实言相告，有人说看了一点，我听到最多的是读了两卷。还有作家说看不下去，问应该怎么看？我只能说，你翻到哪一页，就从这一页读下去，你会看得下去的，普鲁斯特就是这么好。有一个读者对我说，读普鲁斯特曾经读到流泪，我问她是哪一段，她说已经忘记了。

欢喜得手不释卷的人也有，我在巴黎高师的法国同学，来上海到我家，随手带的就是一本普鲁斯特。在法国，普鲁斯特被选进中学课本，所以书中最有名的段落一般人都读过。我去他的家乡，一个老人听说我们喜欢普鲁斯特，热情地带着我们进教堂，讲解教堂里的彩绘玻璃，还在面包店买了玛德莱娜小蛋糕给我们，当时我还没有吃过这种小点心。

普鲁斯特年轻时是沙龙的常客，他不需要像巴尔扎克那样从营垒外去观察，他就身在营垒之中。而音乐和艺术，就在他的血液里，普鲁斯特要想不成为普鲁斯特也难。

王寅据 2013 年 9 月交谈录音整理稿。在《南方周末》上刊登时，标题为"不是词汇决定了普鲁斯特的难"。

在意文学

——谈《〈追寻逝去的时光〉读本》

普鲁斯特的这部小说《追寻逝去的时光》(一译《追忆似水年华》),有几个特别之处:它特别有名(在西方文学史上的地位,不在莎士比亚之下),体量特别大(七卷,译成中文约250万字),句子特别长(三分之一的句子超过10行。最长的句子有394个法文词、2 417个字母),读者特别想读一读,又特别难以坚持读下去。

我译了其中第一、二、五卷,体会到它真是一样好东西。但说实话,东西再好,倘若我不是译者,而只是读者,我可能也腾不出那么多时间、打不起那么份精神来一卷一卷往下读。直到有一天看到了法朗士说的这句话:"人生太短,普鲁斯特太长",我才清晰地意识到:把这部小说浓缩成一个体量小得多的读本,并非对原作的冒犯、亵渎。尤其在当下的中国,这样做不仅是可以的,而且几乎是必要的。这个想法,得到了好友卫群、晓冬的鼓励和支持,于是就有了这个读本。

当然，怎样浓缩，是个一开始就要考虑的问题。我们的原则是：一，保持轮廓，亦即七卷中每卷都选译一些段落。二，选取我们认为特别精彩的段落，这样一来，选段也就不可避免地带有主观色彩。三，每个大段的文字一字不易，完全保留原书中的面貌，尽可能地让读者领略到原著的文字之美、行文之美。四，字数控制在三十万字左右。

我们的希望是：你看上二十分钟，就会被普鲁斯特所打动。

文学这个东西，在这个时代"在意"它的人不多了。而普鲁斯特的《追寻》从头到尾就是一部"在意"文学的小说。法国作家 Genette 略带调侃地把整部小说归结为一句话："马塞尔成了作家。"后来又"更准确地"说成："马塞尔终于成了作家。"是的，这部厚厚的小说，写的就是文学，就是时光（时间）如何在艺术中永存这样一个主题。

晓冬为今天的见面会取了个挺别致的标题：普鲁斯特的谜面。我想她的意思是说，普鲁斯特在小说前半部分（几乎整个前六卷）中出了一个很大的谜面：文学是什么？而在后半部分（尤其是第七卷）中给出了谜底。

普鲁斯特用一卷书（确切地说是整部小说）来阐明的这个谜，我们要用几句话来说清楚，显然是不可能的。但如果一定要试着说一下的话，我想不妨选第七卷中的这段话：

真正的生活，最终被发现并被阐明，因而是唯一完全真实的生活——就是文学。这种生活,从某种意义上说,每时每刻都不仅寓于作家身上,而且同样寓于每个人身上。但是他们看不见它,因为他们缺乏阐明它的意识。因而他们的过去充斥着无数杂七杂八的底片,派不上用场,原因是智力根本无法将它们冲洗显影。

这段话,至少有下面几层意思:

一、文学写的就是真正的生活,或者说完全真实的生活——不仅有自己的生活,而且有别人的生活。普鲁斯特接下去就说:"唯有通过艺术,我们才能从自身解脱出来,去了解别人是怎么看这个世界的。"

二、文学的素材,不仅存在于作家身上,也存在于每个人身上。作家的任务,就是发现并阐明这种生活,把杂七杂八的底片"冲洗显影"。普鲁斯特在稍后的地方写道,写出真实生活的"大书","一个杰出的作家不是创造(在这个词的通常意义上)出来,而是翻译出来的,因为它们已经存在于我们每个人的心中。作家的职责和使命,就是译者的职责和使命"。在他看来,"我的书为读者提供了他们阅读自己的手段"。

三、智力根本无法将这些底片(以往的生活)冲洗显影。那么,要靠什么才能将它们冲洗显影呢?他在第一卷"玛德莱娜小蛋糕"那个有名的段落中已经提出,只有不由自主的回忆,才能通过当时的感觉与某种记忆之间的偶合(无意识联想),使我们的过去存活于我们现在感受到的事物之中。在第七卷中,他以圣卢小姐为例，说明"生活不停地在人与人、事与事之间编织这些神秘之线，让它们穿梭交叠，愈织愈厚，直到过去生活中的任何一个点和所有其他的点之间，都存在一张密密匝匝的回忆之网"。而圣卢小姐出现在作者眼前，无异于在向他诉说这几个字：逝去的时光。从她那儿辐射出去的道路（网线），在作者心目中是数不胜数的。加入时光这一重要的维度，平面的心理分析就成了空间的心理分析。而一旦在回忆之网中找到了一个个节点，所有往昔的岁月就都融合了起来。

对普鲁斯特来说，写作是他人生最重要的内容。下面这句话在他笔下写出来，自有一种庄重的意味："真正的作品不会诞生于明媚的阳光和闲谈，它们应该是夜色和安静的产物。"（Les vrais livres doivent être les enfants non du grand jour et de la causerie mais de l'obscurité et du silence.）

2016 年 8 月《〈追寻逝去的时光〉读本》读者见面会讲稿。

四、草色遥看近却无

我的"承教录"

"我的'承教录'",是一种回顾。在一个讲座上,回顾非常个人化的人生经历,是否合适,大家听着是否会嫌烦,我犹豫过。最后还是决定试一试,因为,这些内容大多不曾在其他场合讲过。尽管译协陈老师对我说,以前讲过的,今天的听众未必听过,但我仍想尽可能讲些没讲过的内容。

我的大半生,粗略地说,是"三十年数学,三十年翻译",中间交叠十年。略带夸张地说,我有两次人生:数学的人生和翻译的人生。古人说,人生四憾:幼无名师,长无良友,壮无实事,老无令名。如今已走到人生边上,回顾起来,四憾在所难免。具体到第二次人生即翻译的人生上,有憾亦无憾,无憾多于有憾,欣慰多于遗憾,尤其在前两点上:我有幸既遇到好老师,又结识好朋友,他们指点我,鼓励我,帮助我,使我在既有欢欣更有艰辛的文学翻译之路上一路走了过来,留下了一些浅浅的印痕。

"文革"中,我偶然结识了上外的蓝鸿春先生,每周去她家一次,她无偿教我一小时法文。我的初衷,只是想能读一点法文小说。但她不然,她选用北外的教材,一课一课认认真真地教,让我不好意思不认真学。当时我比较内向,很腼腆,她屡屡对我说:"周克希,你想要别人帮你做什么,一定要告诉别人,要不人家不知道该帮你什么呀。"这就是老一辈人的风范,他们对你的帮助是无私的,不光你说了的他们要帮你,你没说的,他们也想方设法要帮你。我向蓝先生学了将近两年法语,和她全家都成了朋友,她家在淡水路的小楼,在我心中留下温馨的回忆。如今她老了,据跟她女儿曾是同学的淳子老师告诉我,许多事情蓝先生都已不记得了。但当我和淳子去看她,淳子问她可记得这是谁时,她马上说:"周克希,我怎么会不记得!"我把刚出版的《追寻》第一、二卷送她,表示学生对启蒙老师的感激。(在准备这篇讲稿的过程中,看到报上的讣告,才得知蓝先生已于4月24日去世。一直想再去看望她,却拖宕了下来,这使我感到愧疚。)

上外的岳扬烈先生,是我学习法文道路上另一位终生难忘的名师。岳先生出身外交官家庭,自小在法国读书,他的法文之棒是圈内人公认的。而岳先生和我也许真是投缘,我每当在翻译中遇到百思不得其解的问题时,总会想到去问他,而他,无论问题多么五花八门,甚至提得有多可笑,总是有问必答,从来不曾说过一个不字。举个小例子,《古老的法兰西》中写到小镇上的理发师,说他"漫不经心地用拇指或小匙刮胡子"(Il rase indifféremment au pouce ou à la cuillère)。我在岳先生的点拨下才明白了是怎么回事,最后把这个句子译成:"他漫不经心地把拇指或是小匙伸进顾客嘴里,衬着脸颊刮胡子。"小镇理发师的形象,也因此变得饱满起来。

前一阵,为将手稿捐赠给上海图书馆的手稿馆,整理了一些旧译稿。看到五百字稿纸上几乎布满页边的铅笔字迹,我回想起刚开始翻译小说时,郝运先生指点我、帮助我的情景。他要求我尽量贴近原文,要时时想到作者"为什么用这个词,而不是另一个词"。我初次登门拜访之时,他就建议我每天看一点中国作家的作品(而不是翻译作品),后来我逐渐明白,这是为了使自己对文字的感觉始终处于一种敏感的状态,让译文变得鲜活些,离翻译腔远些。郝运先生,是我当翻译学徒期间手把手教我手艺的师傅。

再回溯得远些,我想起父母和中学老师对我的影响。父亲从不刻意要我作文、背诗,只是偶尔告诉我,我写的作文乃至后来翻译的东西中,哪个词、哪个句子好或不好,虽说仅是点到为止,却在潜移默化之中,给了我事后想来很重要的影响,那就是对文字的兴趣。母亲是编辑,当年吕叔湘和朱德熙先生合写的《语法修辞讲话》,是他们那一代编辑的必读书。我这个初中生,常在母亲边上跟着她读书、做题(母亲做完了其中的全部练习题)。从吕先生书中汲取的营养,我终生受用。旧稿中有父母为我誊抄的译稿,对我个人而言,它们是我在译途上弥足珍贵的印痕。

中学语文老师蒋文生先生,也是我心目中的名师。我现在还能想起他教《项脊轩志》时的情景。他那带有无锡乡音但饱含感情的朗读，在我是一种文字趣味（口味）的启蒙。受了他的影响，我从此喜欢归有光、张岱、孙犁、汪曾祺这一路以"淡"取胜、寓惨淡经营于不着痕迹之中的文字。

一件大事，必有酝酿的过程，必定是某个因结出的果，而它又往往是由一件小事触发的。社会、国家如此，个人亦如此。从数学改行到文学翻译，于我个人是一件大事。它的因，是少年时代对文学的兴趣、对译者的心仪，每周一次去淡水路，也许就是它（不为我所知）的酝酿过程。而触发它的，回想起来是一句言者无心的话。那是我在华东师大数学系工作时，同事张奠宙说的这么一句话："人生要留下些痕迹。"忘了他是在怎样的场合说的，我与张先生同事而已，交情不深，这不会是促膝谈心之类的体己话，很可能只是他随口说的一句话。但它却就此留在了我的脑海中，乃至促使我改变了下半生的人生轨迹。

改行进了译文出版社，有幸和任溶溶先生在同一个办公室里相处了多年。手边的《小王子》译稿上，有他用铅笔写的关于译序的修改意见。有一段他觉得页边不够写，干脆写在另一张空白的A4纸上。他平日里和我交谈的"语录"中，有两句我始终没忘记，一句是"做人要外圆内方"，另一句是"怕就怕认真二字"。我琢磨，不仅做人如此，为文亦如此，须外圆（清新可读）内方（浑成有力）。后一句，任先生自己加了"脚注"："老毛说这话是'反其意而用之'，我是'正其意而用之'。"我的体会是，他要我不要过于较真、过于执著，要有平常心。（刚才说到"浑成"，这是前辈同事吴劳先生的惯用词，他把他的翻译经验，浓缩在"浑成"、"格物"这些简洁的词语中。)

至于"长无良友",就翻译而言,我似无此憾。《小王子》的初稿上,有两种不同的铅笔字迹,一种写得大而饱满,那是任先生的,另一种如蝇头小楷的娟秀的字迹,则是王安忆的。有一段时间,她不时会向我索要译稿,边看边用铅笔写下批注或修改意见。记得《追寻逝去的时光·第一卷》和《幽灵的生活》(我当时仅译上半部),她都是利用乘飞机的时间段看完我的手稿的。对《追寻》,她有一些点评,诸如"体积"(一写几行乃至十几行的句子,一写几页乃至十几页的段落)在书中的意义,以及对"冗长"的看法等等。修改意见,则比看《小王子》时多得多,我印象最深也不止一次提起过的例子,是建议把"这座教堂概括了整个城市,代表了它……"改为"这就是贡布雷……"结合上下文来看,这样改过的文字的确更为醒豁和生动。

《追寻》第一卷的拙译,凝聚着好些朋友的心血。涂卫群和张文江,正如我在译文版的译序中所说的那样,他俩"自始至终提灯照明般地批阅译文初稿并提出许多中肯的意见"。(陈村也很仔细地看过初稿,上句中原先写的是"亦步亦趋地",他建议改用"提灯照明般地",使意思更准确、更妥帖。)《追寻》第一、二、五卷的初稿,都逐段逐段由涂卫群对照原文看过,她的意见使我避免了不少失误或脱漏。没有她的无私帮助,拙译不可能有如今的面目。在我译第一卷的过程中,张文江送我的座右铭是"悠悠万事,一卷为大"。我彷徨时,会想起他说的"藏名一时,尚友千古",我苦恼时,他对我说:"为人之道,割爱而已。"我为寻找译文的基调犹豫时,他提出:"雄深雅健。"他理解我每译完一卷、面对新的一卷时的心情,在电话里对我引用杨万里的诗句:"莫言下岭便无难,赚得行人空喜欢。正入万山圈子里,一山放过一山拦。"第一卷的初稿还给别的一些朋友看过,肖复兴、余中先都曾来长信,提出过具体的修改建议。

《追寻》的译事,对我个人而言,是一件很大的事情。我的起点不高,这部书似乎在我够不到的高处。第一个鼓励我跳一下,看看能否够得着的朋友,是赵丽宏。时隔多年,但他对我说的话我始终不曾忘记。他说:我若是你,我这辈子就译这部书。他还主动为我物色联系出版社。当时我还是犹豫了,没敢奋力跳一跳。但这颗种子悄悄地埋进了心田,过了若干年以后终于发了芽。

《译边草》是我写的一本小书,它记录了我"弃数从译"以来的心路历程。它的缘起,和杨晓晖(南妮)分不开。没有她的提议、督促、鼓励和帮助,就不会有陆续在《新民晚报》文学角刊登一年多的那些小文章,也就不会有《译边草》这本小书。代后记的题目"只因为热爱",也是她为我取的。回顾我们这么多年来的交往,我觉得她是最理解也最谅解我的朋友。

在准备把报上的文章整理成一本小书出版的过程中,与施康强在咸亨酒店小聚,谈到书名,他建议剥用钱钟书先生《写在人生边上》的书名,就叫"写在译文边上"。我觉得这意思好。后来在另一个场合,与萧华荣说起此事,他说:何不就叫"译边草"

呢？我一听就喜欢这个书名。草，是小草，也是草稿；译边草，既有点空灵，也有点写实。一路走来的"译之痕"，确实只是一些小草，一些尚有待继续打磨的译品所留下的淡淡痕迹。

几年前一个初秋的中午，结识不久的黄曙辉提议为我出个译文集。事出突然，我既惶恐又高兴。后来此事由华东师大出版社接手进行，王焰社长细读了拙译《包法利夫人》和《追寻》第一卷后，决定哪怕亏本也要推出十四种十七本的译文集。好事多磨，译文集的出版花了好几年时间。我在这里想讲的是，黄曙辉在了解我的翻译经历后，说过一句：何不写个承教录呢？我答应写。此事距今已有近两年，我心里还记着这个承诺。今天承蒙长宁区图书馆为我提供机会，让我讲述了走上翻译之路前后，从师友那儿受到的教益和帮助。我想这可以说就是我的"承教录"吧。

当然，这仅是一份不完整的承教录。有些内容，因在拙著《译边草》中已经写了（如王辛笛、汝龙、冯亦代、孙家晋、邵燕祥诸位先生对我的教诲），就不在这儿重复了。另外还有不少给过我教益、在我困惑时鼓励过我的师友，他们有的在海外，如张寅德（当初我拿不定主意是否要译普鲁斯特时，他在电话里对我反复说的那个词，我至今记忆犹新：vocation，使命感。他要我先问问自己的内心，有没有这份使命感。有，就应该无所畏惧地迎上去。他得知我手头已有七星文库本的原书，特地从巴黎买了另一版本的整套《追寻》，送给我当礼物）；有的至今未曾谋面，如李鸿飞(他是驻比利时使馆的武官,曾写长信和我探讨第一卷中的一段文字。我按他的建议作了多处改动);有的已经离我们而去,如蒋丽萍、李子云(蒋丽萍曾对我说,《追寻》节本是她放在枕边常看的书;李子云老师也鼓励我说,旧译本她每看一句、一段,几乎都会想自己动手,把文字重新整理一番,拙译使她免却此想)。总之,我的"翻译人生"受惠于师长、友人的地方实在太多。我对他们无以为报,他们始终激励我努力把人做得更好些,把事也做得更好些。

2014年5月在上海翻译家协会和长宁区图书馆联合举办的讲座上的讲稿,原题为"译之痕——我的'承教录'"。2014年6月在《新闻晨报》上刊登时,标题改为"周克希:翻译是一种选择"。

菌子的气味

有本数学书,我一直有所偏爱:希尔伯特(David Hilbert)的《直观几何》。这本出自大师之手的小册子,中译本仅薄薄的上下两册,封面很朴素,但插图极精美。那些立体感很强的几何图形,以粗细变化有致的线条,准确地表现出物体在空间的透视关系,给人以审美的欣喜。"拓扑学"一章 Möbius 带和 Klein 瓶的示意图,在我心目中就如印象派名画那般令人神往。

决定翻译贝尔热(Marcel Berger)的《几何》,也和作者"强调视觉印象、图画和几何的'造型艺术'"有关。这套书并不是一般意义上的通俗读物,它是写给数学系学生看的参考书,五卷的书名分别为:群的作用,仿射与射影空间;欧氏空间,三角形,圆及球面;凸集和多胞形,正多面体,面积和体积;二次型,二次超曲面与圆锥曲线;球面、双曲几何与球面几何。作者贝尔热是我在法国进修期间的导师(俗称 patron,老板),他对"造型艺术"的热爱,激发了我和两位合作者的翻译热情。

我的人生轨道,后来从数学转到了文学翻译。回想起来,根子是少时埋下的。中学时代爱看杂书，爱看电影。至今珍藏的初版《傲慢与偏见》译本，见证了我少年时代对这本书的痴迷。王科一的译本，宛如田野上吹过的一阵清新的风，我觉得译本中俏皮、机智的语言妙不可言，对王科一这位不相识的译者心向往之。

日后我也没有机会认识他。他在"文革"中用惨烈的方式离开了人世。但我永远不会忘记他，我现在做的正是他当年做的事情。我翻译小说，往往诉诸直觉，有朋友半开玩笑地说我是"感觉派"。我认为这是对我的肯定和鼓励：往高里说，我的翻译是和傅雷、王科一这些前辈同调的。

我喜欢归有光的文章，喜欢其中的"笔墨情趣"。《项脊轩志》当年是选入中学语文教材的。老师对这篇看似平淡无奇的散文的激赏，调教了我们的阅读口味。"然余居于此，多可喜，亦多可悲"，"何竟日默默在此，大类女郎也？""吾妻归宁，述诸小妹语曰：'闻姐家有阁子，且何谓阁子也？'"这些寓抒情于叙述之中，冲淡、温润而蕴藉的文字，从此留在了记忆中最柔软的部位。后来又读《寒花葬志》等篇。"目眶冉冉动"之传神，之鲜活，让我赞叹不已。

汪曾祺的散文，我也爱读。他的散文恬淡、潇洒、飘逸，而又处处见真情。他是用心在写文章。用他的话说，"得不断地写，才能扪触到语言"，而"语言艺术有时是可以意会，难于言传的"。我读书一般比较粗率，对汪曾祺的散文，却读得稍稍仔细些。他的小说，我也是当散文在看，注意的是他所说的"用字"

和"神气"。像《桥边小说三篇》那样"经过反复沉淀"的作品，真是可以"从容含玩"的。我有时想，对心仪的作家心慕手追，也许正是避免翻译腔的办法？

在一个偶然的场合读到萧华荣的《华丽家族》，心折之余，又读了他的另一本《簪缨世家》。这两本都是"述说历史"的书，副题分别是"两晋南朝陈郡谢氏传奇"和"两晋南朝琅邪王氏传奇"。把历史写得这么有情致，真让人钦慕。"王谢并称，自古而然。一样的源远流长，一样的显赫华贵，一样的冠冕相承，一样的风流相尚。"这是《簪缨世家》的开篇，跳荡空灵的文字，一下子就吸引住了我，而终篇前的"孝感河边，芦花似雪；秦淮水上，月色如烟"，则以对仗、平仄入散文，在我的脑海中留下了那恬淡的意境。

说来惭愧，读数学、教数学时，读书很勤，而且看的大都是杂书，与文学有关。正儿八经从事了文学翻译工作，书反而读得少了，翻译小说更是看得少而又少。曾经影响过我的作家的作品，现在也很少再看。然而（借用汪曾祺先生引用过的句子）：

  菌子已经没有了，但是菌子的气味留在空气里。

  《南方周末》"我的书架"专栏约稿，2004年8月刊出。

为看小说而学法语

蒋 俭:您是从什么时候开始学习法语的?

周克希:最初起念想学法语,是在读了傅雷先生翻译的《约翰·克利斯朵夫》之后。受到主人公个人奋斗精神和译者传神译笔的双重震撼,我心心念念想看看原著。"文革"期间,有缘结识上外的蓝鸿春先生,从头开始向她学法语。她父亲曾是广慈医院院长,她本人毕业于震旦,法语说得很棒。

我是为看小说而学,可称"无聊才学法语",不过蓝先生丝毫不随便地教我这个随便学学的学生,每周去她家一次,学一小时法文。她选用北外的教材,一课一课认认真真地教,让我不好意思不认真学。我向蓝先生学了将近两年法语,和她全家都成了很好的朋友,她家在淡水路的小楼,在我心中留下温馨的回忆。

蒋:您在法语学习过程中有什么经验之谈,可以给现在想学和在学法语的年轻人分享吗?

周：开始文学翻译后，学习法语的目的很"功利"：并非为学好一门外语而学法语，而是为译好一本本小说而学法语。从学语言的角度来说，可能是不成功的，唯有"失败的经验"（杨绛语）可谈。

认定自己想要什么以后，走的就是边学边干，或者说"在战争中学习战争"之路。回过头去看，一路走来坑坑洼洼。听说读写，我在"读"上单科独进。看重的、追求的，是语感。而语感，我感到是语法和大量阅读的派生物，是在精读和泛读的过程中积淀下来的。

单科独进，不足为训。但我并不后悔，有所缺失，是学语言的遗憾，但倘若没有所失，恐怕也就无所得——就我而言，大概就是这样。人生苦短，既已知道自己要什么，就只能一路向前，匆匆赶路。

相比英语，法语的语法相当繁杂，有人调侃说法语是"性变态"：飘忽的阴性阳性，繁琐的动词变位，复杂的时式时态。和英语不同，法语中的词语分阴性阳性。太阳是阳性，月亮是阴性，这很自然。但男衬衫（la chemise）是阴性，女衬衫（le chemisier）是阳性，这就未免"不可理喻"。至于同样一个词 critique，阳性时是"评论家"，阴性时却是"评论"，对读者（包括译者）来说近乎"陷阱"。变位之令人生畏，至今是我的痛。时态之繁复，则是英语所无法比拟的：单是过去时态，就有复合过去时、未完成过去时、简单过去时等等。"简单"过去时，其实一点不简单，它是文学作品中最常用的时态,却又是口语中从不使用的时态,很奇怪吧?

倘若立志学好法语,甚至有用法语写作的雄心,那么,唯有下苦功夫这一条途径。

没有那么好的语言功力,却偏要翻译文学作品者如我,唯一的办法就是兢兢业业、如履薄冰、经常存疑、勤查词典——否则还有什么路可走呢?所谓勤能补拙,是一点不错的。但最要紧的,是时时记住自己的拙,千万不能托大。

蒋:在《译边草》中,您举了不少翻译的实例,请问您是如何"打磨"译文的?

周:把话头拉开一点,说说我心目中文学翻译的"三部曲"。这个三部曲,是我心目中的理想状态。其中有些是我想做而没做到的。

一是准备阶段。读一两遍乃至四五遍原文,仔细查好生词(当心"陷阱"),看明白文章的脉络、句子的结构,以及每个小词(代词、介词等)的意义。

以翻译普鲁斯特为例,理想的状况,是案头有原版词典(否则难以了解有些词的确切含义),手边有英译本(多一个甚至几个随时可以讨论切磋的帮手),书架上有法文的普鲁斯特传记和书信集,有相关的CD(比如《追寻》中反复写到的"小乐句",原型就是圣桑斯的降e小调小提琴钢琴奏鸣曲),有相关的画册(书中屡屡提到画作,如惠斯勒的《蓝色与银色的和谐》，如马奈《草地上的午餐》，等等），有斯当达尔和陀思妥耶夫斯基的小说，有雨果、缪塞、波德莱尔的诗集，等等等等。当然，我的装备未必能有这么齐全，那么到时候就得去找书，去上网（如为弄清《追寻》中对贡布雷景色的描写，从 Google 网上"图片"栏查看小镇伊利耶的地图），去查各种工具书（如 herbe aux chats，先是据法汉词典译作"樟脑草"，但总觉得不好，后来终于从杜登图文对照词典上查到"缬草"这一较好的释义）。总之，上穷碧落下黄泉，准备工作不嫌其详尽细致，它围绕准确理解原文的核心展开，为翻译所需要的感觉提供前提和基础。

二是翻译时的状态：投入，把自己假想成作者。译景色，要让自己仿佛眼前有这景色；译场景，要让自己仿佛身临其境；译对话，要让自己仿佛变成这个人物……要大处着眼（情理、意象、场景、人物的个性脉络等等，都是"大处"），小处落笔（小心收拾，不放过一个小词、一个语气）。

三是"冷却"后的打磨：要读自己的译文，即使不朗读，至少也要默读。自己念着不顺口的句子，读者不可能觉得顺口；自己没有感觉的文字，很难让读者有所感觉（要让有心的读者透过译文去猜，只能说是译者的失职）。删去多余的字，尽力让译文干净利落、生动传神。

蒋：您对一些经典名著进行了重译，如《包法利夫人》、《追寻逝去的时光》，请问您选择重译的标准是什么？

周：标准有二：一是要有兴味，二是要有新意。有兴味是就自己而言，只有自己喜欢的作品，才值得花精力去重译。有新意是就译品而言，既然重译，就要能译出新意来。例如《包法利夫人》，已有李健吾、许渊冲、罗国林等前辈、大家的译本，但我觉得尚能译出那些译本所没译出的新意来——这些"新意"，是作品固有的，它是留给后来的译者的"重译空间"。

也有不同的情况，像王科一先生翻译的《傲慢与偏见》，我一向喜欢这个译本，对照原文阅读译文，更对译笔的清新流丽推崇备至，所以当有出版社跟我说起这个选题时，我当即回答我不会考虑重译这本书。还有一次，一家大出版社建议我重译《悲惨世界》，这当然是一个很好的建议，我有些犹豫，就又把李丹先生的译本拿来重看了一下。对照原文细细看了几页，我心里想，如果我来译，可能局部会有所改进，但是从整体上说却似乎没有多少重译空间，所以还是婉拒了这次约稿。

蒋：《译边草》中写了您曾经去法国，拜访普鲁斯特的故乡和他在巴黎的写作地点，做了一趟"普鲁斯特之旅"，这是有计划的吗？

周：译完《追寻逝去的时光》第一卷，正好有机会去法国小住三个月，于是就想到，能不能去一下法国和普鲁斯特有密切关系的那些地方呢，颇有点即兴的意思，并没有预先计划过。

《追寻逝去的时光》被认为是有普鲁斯特自传印记的小说，如果翻译的时候，对他生活的地方已经有感性认识，当然更好。印象最深的是普鲁斯特笔下的贡布雷小镇，原型就是他父亲的故乡伊利耶，1971年，这里因普鲁斯特而改名伊利耶—贡布雷（Illiers-Combray），可见小说影响之大。小镇离巴黎不远，从巴黎坐火车去夏特勒，再转乘只有一节车厢的小火车，就能到伊利耶—贡布雷。法国人对普鲁斯特的熟悉程度可以用橄榄型来形容：根本就不知道他的人，和非常熟悉他的人，都是极少数，大部分的人都读过一点他的作品，但了解不深。我在伊利耶的教堂门口遇到两个当地中学生，据他们说，普鲁斯特作品已经选入他们的课本，但是，读了课本上的节选后，他们并没有继续找来读完全篇。

蒋：能否分享下您最近在读或者读完了的好书？

周：陈贻焮的《杜甫评传》，很厚，有上、中、下三册，但串讲杜诗的写法读起来很有兴味。王鼎钧的回忆录四部曲：《昨天的云》、《怒目少年》、《关山夺路》和《文学江湖》，太厚，挑一些段落看。《红楼梦》过一阵就会随便翻看一段。还在看潘向黎的《看诗不分明》，人冰雪聪明，文字自然就有灵气。总之，很少读小说，即便读红楼、聊斋，也当散文读。

读中文书，我特别着眼于句式，注意学习那些新鲜而不失自然、有力而不失规范的表达方式。改行前，微分几何一代宗师陈省身先生对我们说：弄数学，要有些东西可以放在手里耍耍。改行弄文学翻译，我觉得要能放在手里耍耍的东西，首先就是句式。

据 2015 年 10 月蒋俭采访记录稿整理。在《申江服务导报》上刊登时，标题为"我是为翻译小说才学法语"。

生活意味着有你

梁　燕：您刚翻译了弗洛克的"生活三部曲",也就是《生活的样子》、《生活的意味》和《美好的生活》。不同的读者能从"生活三部曲"里读出不同的意蕴,受到不同的启发。作为译者,您是如何看待这三本绘本的?

周克希：要告诉孩子什么是生活,什么是人生,什么是美好的生活,是一件很有意义,而又非常困难的事情。这样的书,不能枯燥,不能说教,不能太深奥,又不能太肤浅,不能过多展现生活的阴暗面,又不能一味给生活涂上玫瑰色。

这样的书的作者,必须是既能深入浅出讲述哲理内容,又能画出幽默耐看的图画的大手笔。让-克劳德·弗洛克就是这样的一位作者。

梁：在翻译"生活三部曲"时,最打动您的是哪一句话?为什么?

周：是《生活的意味》中的这句话吧:"对我来说,最重要的就是:生活意味着有你!"

如果说《生活的样子》展示的是某一种生活，让孩子看到生活可以是这样的，或者说，有一种生活是这个样子的，那么《生活的意味》涵盖的内容要更复杂一些，它用最简单的笔触描绘人生，告诉小读者人生中可能出现哪些情况、遇到哪些问题。其中有些情况（境遇），例如挨饿、坐牢、打仗、死亡，小读者不仅未曾经历过，甚至可能从未想到过。作者愿意让小读者先有个印象，生活不会一帆风顺，人生道路上难免会遇到坑坑洼洼。

书中的爸爸一开头说"生活意味着许许多多的可能性"，然后列举了好多种可能性，最后才对女儿说出这句话——它因其真实而有力量，因其朴素而打动人心。

梁：在翻译"生活三部曲"时，您最大的感受是什么，有什么收获？能和我们分享吗？

周：给孩子讲哲理，讲得他们愿意听、能听懂，这是大本事。作者为我们提供了一个范例。

梁：在翻译"生活三部曲"的过程中，您遇到过哪些困难，或者词句上的斟酌？

周：首先，书名的翻译就颇费踌躇。Où mène la vie 这个书名不易译，关键在于其中 mène（mener）的理解不易到位。出版社合同上的"暂定名"是"生活带我们去往何方"，这样译未必就错，但显然不是个合适的书名。按这个说法，有一页就得译成"生活带我们去往监狱",作者不可能是这个意思。仔细看完全书,我意识到两点。一,法文书名的字面意思是"生活就在那些地方(展开)",它使我想起何其芳的诗句"生活是多么广阔,生活是海洋……"。二,作者说的是可能性,比如说坐牢,那的确也是生活中的一种可能性。作者画了父女在铁窗后面的形象,那是一种幽默的表达——既然是可能性,画面上就都由这对父女"代入"了。

　　所以,最后我用了"生活的意味"这么个译名。它未必就是最好的译名,但既然想不出更好的,也只能就是它了。

梁:您觉得,翻译图像小说(漫画、绘本)同翻译文学有没有差异?能大致说一说吗?

周:翻译是个感觉的过程。译者设法把自己感觉到的文字背后的东西,让读者也感觉到,就是文学翻译的"大意"。就这一点而言,翻译绘本和翻译小说是一样的。

　　但由于体裁不同、受众不同,译者的状态会有所不同。译绘本,文字要更明快,更晓畅,译者在文字上的目标是明白如话,是贴近画面。图和文应该是一个整体。

梁:《生活的样子》里有一句"不忘记我们都是凡人",这一句读来意味深长,直抵人心,作为凡人,我们该如何面对亲人的离去呢?

周:直抵人心,是写作的一种境界。"不忘记我们都是凡人",看似一句大白话，却能在不同场合，体现不同的人生哲理。当我们看到画面上的小女孩在爸爸和兔子墓前拭泪时，我们能感受到，生老病死是人生中必经的阶段。如何面对死亡（对孩子来说，是亲人的离去），是人人都会遇到的现实问题。

也许，作者不想给小读者心中留下过浓的阴影，所以在下一页，天使模样的爸爸又回来了，女儿的话让我们忍俊不禁："爸爸回来了！在那儿，他跟人家都合不来……"

梁：您曾经畅想过您自己的美好生活吗？您觉得，美好的生活是什么样的？

周：书中的爸爸说得好：美好的生活，就是你自己选择的生活。

人老了，年轻时的激情和梦想，渐渐变得遥远了。现在我给自己设定的生活模式是八个字：练字学琴，捎带翻译。书中的爸爸说："美好的生活，就是弹奏肖邦和埃里克·萨蒂的曲子。"肖邦和萨蒂，都是我喜爱的作曲家。他们的曲子难度大，我这辈子恐怕是弹不了了。但我相信，在学琴过程中得到的乐趣，仍然会使生活变得美好。

梁：对您来说，最受用的人生哲学是什么呢？

周：倾听内心的声音，选择自己的生活。

梁：《生活的样子》里提到，"好书不厌百遍读"，您平时最喜欢读的是什么书呢？能否请您给我们推荐几本您觉得好的书？

周：好书太多，反而不易举例。真正会过一阵就拿出来翻翻的书，大概首推《红楼梦》吧。

2016年7月《生活三部曲》特约编辑梁燕电子邮件采访记录稿。

译之痕

翻译是一种选择：《成熟的年龄》

在高师进修数学期间，认识了金德全，他是柳鸣九先生的研究生，在巴黎大学进修文学。交往一段时间以后，他对我说，他正在编一个"波伏瓦研究"的集子，想让我译波伏瓦的一个中篇《成熟的年龄》。翻译的机遇这么不期而至，我在感到突然的同时，也有些兴奋。

写数学论文要花费大量的时间和精力，翻译小说只能是"业余"的副业。全部译稿在回国后才完成。波伏瓦首先是个哲学家，她的文字很平顺，味道淡淡的，好像写得一点不着力。这样的文字，很适合初学翻译者"练手"。但我并不敢怠慢，译稿一遍遍修改，一遍遍重抄，折腾了好久才算定下稿来。碰巧这时有幸认识了郝运先生。他看了我的译稿，给了我充分的鼓励，并且对照原文在译稿上作了修改、加了批注。

回想起来，我从他那儿得到的最大的教益，就是"贴着原文译"——就好比钢琴家,首先要学会的是"照谱弹"。这事说起来容易,做起来相当难,郝先生的做法,近乎作坊师傅带徒弟。我至今认为,这是最有效的方法。

1982年下半年,终于把经郝先生修改的译稿托人捎给了德全兄。后来,又将另一份誊写稿直接寄给了柳先生。让我想不到的是,它要等到十年以后的1992年,才能变成铅字收入《西蒙娜·德·波伏瓦研究》。

但比这一切都更重要的是,我作出了一个选择,悄悄地开始了文学翻译这第二个人生。

寻找文字背后的感觉:《古老的法兰西》

回国后不久,徐知免先生写信来,为《当代外国文学》杂志约译中篇小说《古老的法兰西》,并把原书一并寄下。学法语时,读过徐先生编的语法书,一直对他心存敬意。为了不辜负他的信任,我译得很投入,努力去捕捉洗练、生动、白描式的文字背后的感觉。我在床边放一张纸和一支笔,半夜醒来突然想到一个合适的词或句子,马上摸黑写下来。第二天清晨看着歪歪斜斜的字,心里充满欢喜。我的译稿,有时父亲会看上几页,随手把意见写在页边空白处。例如,"在那些终身受用的良好教育中间"旁批注"'中'比'中间'抽象些"(后照改),"青春年华返回莫佩鲁,为的是等着出阁"旁批注"'等着'可能有点急的意思"(后改为"等待"),"'您得放明白,镇长先生'"旁批注"这样说是否太重了?如删'放'就客气、含蓄得多"(后照改)。这些点到为止的批注,都是在帮助我磨砺文字的感觉。

徐先生收到寄去的译稿后,回信称赞拙译"清新、传神",使我大受鼓舞。然而,译文在杂志上发表时,标题被改成了《法兰西风情》。我觉得这个标题非常不合适,写信给徐先生力陈己见。在我看来,作者想写的是"古老的法兰西啊,你这片充满愚昧、无知的土地……"。这种况味,与"法兰西风情"是大相径庭的。

但是木已成舟，杂志上的标题是改不回来了。六七年以后，这个中篇被收入《马丁·杜加尔研究》书中时，才恢复了"古老的法兰西"的原名。

尝试粗犷的笔触:《王家大道》

小说《王家大道》,叙述的是一个笼罩在死亡阴影下的故事,它几乎就是作者在莽莽密林中冒险之旅的写照。小说粗犷雄浑的风格,是马尔罗本人气质的流露,是从他的心灵深处涌现出来的。这种气质,与我自己的相距较远。翻译过程中,常会感到有些"隔"。在这一点上,译者也许就像演员。本色演员有他的长处,但也有短处——他往往会难以为继。我在心里对自己说,译者得做"性格演员"(能够假想自己是作者或作品中的人物)才好。老是"本色出演"是行之不远的。

译稿最初收入柳鸣九主编的"法国廿世纪文学丛书",1987年底由漓江出版社出版。1997年,由译文出版社重新出版。2011年华东师大出版社决定出版拙译文集,当年6月出版社版权部向法方洽谈购买版权事宜。不想看似很简单的一件事,居然拖宕了两年多的时间。直至2014年1月,《王家大道》译本才姗姗来迟,与早已出版的"周克希译文集"前13种译作会合,结束了长达一年的"失联"状态。版权"一夫当关",竟能把套书的出版时日生生推迟,让译者和编辑如此无可奈何,实在是始料不及。

译文集版,对译文社版的译文又作了修改。举例来说,"我并不是说我想干一帆风顺的事情,我不是干那种事的料"的后半句,改成"那轮不到我头上"。"这道目光凝视着他克洛德,但那是他在玻璃里的影子",其中的"玻璃",原文是 la glace,释义可以是玻璃,也可以是镜子,斟酌再三,改成了"他在镜子里的影像"。"这个人的过去,已经完全在这种对人生的体验,这种难以捕捉的思想和这种目光中反映出来",改为"这个人的经历,已经化成了这种对人生的体验,这种难以捉摸的思想和这种目光"。这样,句子好像更结实些。

深深的怅惘：《不朽者》

1984年初在校图书馆看到法文版的《不朽者》（*L'immortel*），动了翻译的念头。试译了一千多字交给出版社，据说总编看后当即拍板，编辑室主任第二天就和我签订了翻译合同。

我译得很投入，但很缓慢，直到四年以后才完稿。这四年间，家里发生了两次重大的变故：1986年6月母亲病故，1988年初父亲病重住院。译毕全书二十天后，父亲去世。

这部见证了我的忧伤的译作，本身也命运多舛。出版社一度建议将它收入都德小说选集，但我从改行从事文学翻译以来，一直盼望能出一个单行本，所以没有接受这个建议。于是又等了好几年，直到1993年——起笔翻译的十年以后——我的第一个单行本译作，才终于问世。

后来，这本译作收入华东师大出版社的"周克希译文集"时，又作了一些修改。例如，"年轻守寡的第二阶段中常见的轻松恬静的神态"，一下子用了三个"的"。删去第一个"的"字，句子显得顺畅一些。"这并非虚伪，可你怎么做得到不让仆人们窃笑一场，而去吩咐撤掉一进前厅就能看见的……"中，"仆人们"没错，原文用的是复数。但此处作者并不是刻意要表明，亲王夫人家有不止一个仆人，所以译成"不让仆人窃笑"应该就可以了。简洁，会使句子更有精神。

大仲马情趣:《基督山伯爵》

1990年下半年,韩沪麟和我应译文出版社之约,合译《基督山伯爵》,他译前半部,我译后半部。这部120万字篇幅的小说,从开译到1991年底出书,只用了一年稍多一些的时间。

2011年华东师大出版社拟将这部小说收入拙译文集。我向沪麟兄打招呼,表示想重译前半部,他慨然答允,大度而无芥蒂。于是,我摈弃顾虑,放手重译。说是重译,其实跟新译没什么不同。前半部完全重起炉灶,从新翻译。后半部虽说是自己的旧译,隔了多年回头去看,也觉得几乎应该推倒重来。其中原因,一是理解上的问题,这么些年"跌打滚爬"下来,在对原文的理解上多少有些长进,看旧译几乎每行每段都有修改的冲动。二是行文习惯上的问题,举例来说,当初用的"的了吗呢",现在看来不妨能删就删。

大仲马的小说,文字纯正、流畅而有情趣。以前我们似乎有点小看大仲马,对他的有些小说的印象是"故事好看,文字欠佳",其实责任并不在作者。这位精力旺盛、特别会讲故事的小说家自视甚高,不是没有道理的。

我想尽量译出那种带有时代印记、浓墨重彩而又生动流畅的"大仲马情趣"。这种情趣是小说所固有的,但译者倘若不满足于仅仅有几分像,而要努力把它淋漓尽致地表现出来,那就得有一份对艺术作品的敬畏心,就得不计时间"成本",全身心地投入进去。

重温少年侠气:《三剑客》

《侠隐记》是我少年时代很爱看的一本小说,侠气逼人的主人公,使一颗幼小的心灵为之震颤。那时看翻译小说,并不注意译者为何人。知道《侠隐记》就是《三个火枪手》或《三剑客》,知道译者伍光建是复旦教授伍蠡甫的父亲,都是很久以后的事——我在复旦念数学时,去外语系听过伍蠡甫的讲座。伍先生演讲很特别,手里拿着一本英文书,边看边讲。讲的是艺术史,讲到一处,突然卡住,问台下前排的听众:"Full Stop是什么?"学生答曰:"句号,一点。"

我虽在数学系读书,却爱看小说,看得又多又快又杂。有一次借了英文的 The Three Musketeers 来看。看着看着,觉得这本曾使我心向往之的小说,英文并不难懂。一时手痒,试着翻译了几页,自己觉得还行。同寝室睡我下铺的养廉兄,是这几页可怜的"处女译"的唯一读者。我找来李青崖的译本《三个火枪手》,悄悄地比对了一番,心里暗自想,翻译好像并不神秘。但事情也就到此为止,别说那几页纸早就不知去向,就连这件事,也很快就被遗忘了。

直到人民文学出版社约译这部小说,记忆中的往事才浮现了出来。记得那是家里刚开始装空调的年头,在大热天里,全家人围坐在餐桌前,分头帮我誊写《三剑客》的译稿,那种氛围,令人不胜怀念。

交稿后不久,编辑来长途电话,说译得不错,但她仍有不少改动之处,并举了两个例子。第一个例子是在"用大手笔勾勒出来的肖像画"中,将"大手笔"改成"名家手笔",理由是原文为 main de maître。第二个例子也是相仿的情况。这大大出乎我的意外。而我激烈的反应,也大大出乎她的意外。她说,想不到平时很随和的我,竟会比一些翻译名家(她举了几个我熟知的名字)还"不好说话"。我说,那就把稿子撤回吧。她毕竟宅心仁厚,没计较我的态度,同意把校样寄给我,所有改动是否采纳以我的意见为准。我至今很感激她的宽容。

好译文是改出来的:《包法利夫人》

写下小标题"好译文是改出来的",心里有些犹豫。我并不是要说我译的《包法利夫人》就是好译文。我想表达的意思是,译文从不够好到比较好,是改出来的。它不是一蹴而就的,而是一个打磨的过程,中间会有纠结,甚至会有反复。

1996年初,我任职的译文出版社约我重译福楼拜的《包法利夫人》。这部篇幅并不算大的小说,我译了整整两年。译文一改再改,几易其稿。每日里,我安安生生地坐在桌前,看上去似乎悠闲得很。其实,脑子在紧张地转动、思索、搜寻,在等待从茫茫中隐隐显现的感觉、意象、语词或句式,性急慌忙地逮住它们,迫不及待地记录下来。每个词,每个句子,每个段落,都像是一次格斗乃至一场战役。卫生间近在咫尺,但不到"万不得已",我不会从写字桌前立起身来。我唯恐思绪一旦打断,会难以再续,我担心那些感觉和意象,会倏尔离我而去。

评论家称福楼拜的文字有音乐性,"甚至可以在钢琴上弹奏出来"。这样说也许只是形容,但他的文体之讲究,用词之妥帖,语句之富有节奏感,在阅读原文时确实是可以感觉到的。所以我对自己译文的要求是:选词力求精准,语句力求上口。陈村在代序中说:"他的译文是可以读的,我曾出声地读,很舒服。他的文字不夸张更不嚣张,肯用真嗓平常地说,把功夫做到了内里,贴心贴肺。"真诚的称赞令我感动,让我相信译者的苦心不会白费。

用心灵去感受:《小王子》

译文社约译的另一部小说《小王子》,一开始也是"遵命文学",但译着译着,动了感情。这是一部写给孩子,更是写给"曾经是孩子的"大人看的小说。文字应该明白如话;基调是一种诗意的忧郁,一种淡淡的哀愁。要用孩子的语言来表达深刻的哲理。"本质的东西用眼是看不见的,只有用心才能看见"——翻译也是这样。

小说中的狐狸是个智者,他提出了一个很重要的概念apprivoiser。我一开始按它的基本释义,译成"驯养"。但后来觉得这个译法放在上下文中间,好像有点突兀。为了追求译文"明白如话",我反复改成"跟……要好"、"跟……处熟",甚至"相与"之类的译法。但我心里明白,这些译法都没有到位。最后,仍然采用"驯养"的译法。看来只是回到了原点,其实动荡不安的思绪,是在语词的丛林中游荡了一圈、踟蹰了一番过后,才最终落定在了这一点上。

十多年过去了,如今孙儿载欣已经到了听故事的年龄。我把《小王子》的大致内容,尽量绘声绘色地讲了一遍,他听得非常专心。听完后,他要求"拿书读给我听"。我逐字逐句地读,他似懂非懂地听,入神的表情让我心生暖意。过后有一天坐在车上,他望着车顶的移动玻璃天窗,若有所思地说:"天上在笑的星星,就是小王子吗?"

略带佻达的文体:《侠盗亚森·罗平》

　　调至译文出版社做编辑以后,有很长一段时间与任溶溶先生同在一个办公室上班。任老是我们敬仰的前辈,他平时和同事相处,却没有一点架子,随和、亲切而又风趣。

　　他主政《外国故事》杂志后,向我约稿,要我每期为杂志译写一篇亚森·罗平。亚森·罗平在法国侦探小说中的地位,跟福尔摩斯相当。但他并非福尔摩斯那样的侦探,而是经常跟侦探对着干的所谓"侠盗"。从中也许可以看出法、英两个民族(至少在那个时代)不同的性格特点。罗平是"盗",然而"盗亦有道",这个侠盗在身为法国人的作者眼中,比福尔摩斯更可爱。因而,小说的语言用的是灵动的口语体,活泼,轻松,有时甚至略带佻达的意味。

译笔贵在传神：《格勒尼埃中短篇小说集》

记不起确切的年份了，但既然有母亲誊写的译稿，那就一定是在 1986 年之前。我译了格勒尼埃的《奥菲在塔斯马尼亚》等三个短篇，投稿给《外国文艺》杂志，迟迟不见动静。后来才知道，当时看稿的编辑的感觉是"不知所云"。老编辑退休后，由建青兄接手这几篇稿子，他觉得"味道很好"，很快就刊发了。而后，柳鸣九为"法国廿世纪文学丛书"约译格勒尼埃的作品，我就又译了若干中篇和短篇，柳先生将这些篇什和罗嘉美女士的译作合在一起收入丛书。让我稍感遗憾的是，书名叫作《未婚妻》。

格勒尼埃的写作风格和契诃夫一脉相承，淡而雅致。契诃夫，也确实是这位法国当代小说家心仪的作家。我第二次去巴黎时，他送我的书中，有一本随笔集《瞧那飘落的雪——契诃夫印象》。我喜欢这本小书，起过翻译之念，但终因对契诃夫不够熟悉而放弃了这个念头。

我喜欢归有光，喜欢汪曾祺，所以对以淡为审美风格的作品，是有所偏爱的。但喜爱归喜爱，要体味淡雅背后的神韵，并把它翻译出来，传达给读者，却是另一码事。惟其淡，更要细细琢磨——或者说咂摸——字里行间的意味和情趣。译出的文字是

四、草色遥看近却无

淡而无味,还是淡而有神,关乎译品的"格"。对译者而言,传神是一种追求,一种虽不能至而心向往之的境界。有追求和没有追求,往往也只存乎一念之间。

文字应求鲜活:《幽灵的生活》

在法国期间结识的朋友中,阿涅丝是个爱书之人。初次相见,她的名字 Agnès 让我想起《大卫·考坡菲》中的艾格尼丝(Agnes)。狄更斯的这部长篇,曾是我心爱的小说。我回国后,阿涅丝陆续给我寄了一些书来。其中有哲学家柏格森的《创造进化论》,也有这本小说《幽灵的生活》(La vie fantôme)。

《幽灵的生活》是当代作品,其中的语言非常鲜活。想译好,唯一的办法是投入。投入,就要聚精会神,如狮搏兔,尽可能找到作者写作时的感觉。投入,就要充满柔情,"犹如母熊舔仔,慢慢舔出宝宝的模样",静静地、仔细地把感觉到的东西在译文中传达出来,让读者也能感觉到它。而这样做,就要舍得花时间,花精力。我很喜欢梁实秋在一篇文章中说的例子。某太太烧萝卜汤特别好吃,朋友请教诀窍,答案是烧的时候要舍得多放排骨,多放肉。对译者来说,就是翻译的时候要舍得多花时间,多花精力。

好几个朋友看了这本书,都说好看。有一个年轻朋友说她是连夜看完的。这些,都是对译者最好的褒奖。

"悠悠万事,一卷为大":《追寻逝去的时光·第一卷·去斯万家那边》

普鲁斯特的文体,自有一种独特的美。那些看似"臃肿冗长"的长句,在他笔下不仅是必要的,而且是异常精彩的。因为他确实有那么些纷至沓来、极为丰赡的思想要表达,确实有那么些错综复杂、相当微妙的关系和因由要交待,而这一切,他又是写得那么从容,那么美妙,往往一个主句会统率好几个从句,而这些从句中又不时会有插入的成分,犹如一棵树分出好些枝桠,枝桠上长出许多枝条,枝条上又结出繁茂的叶片和花朵。

然而,对译者来说,每一个这样的长句,无异于一个挑战。第一,你得过细地弄明白作者要表达怎样的思想,越是微妙之处,越要问个究竟。有时一个词得查不止一次词典,还得细查法文原版词典,才能把握确切的含义。第二,你必须理清整个长句(乃至它所在的这个段落)的脉络,看准主句、从句、插入句之间的关系。第三,你最后还得把偏于理性的分解(我觉得这有些像汉语古文的句读)还原成偏于感性的描述或情绪,然后想象自己就是会写中文的普鲁斯特,一气呵成地把这个长句写成合乎汉语表达习惯的(不带翻译腔的)中文。

面对这样的挑战,我犹豫过,也不止一次地尝试过。先是参加译林版《追忆似水年华》(1991年)的译事,与张寅德、张小鲁合译第五卷《女囚》,而后为译文社"青年世界文学名著丛书"

翻译第一卷的节本（蓝本就是节本，所以是翻译，而不是编译或编写），一个小册子，用了《追忆逝水年华》这样宏大的书名。而下决心翻译《追寻逝去的时光·第一卷·去斯万家那边》，意味着真正踏上"追寻普鲁斯特"这条甘苦难为外人道的漫长的道路。涂卫群、张文江和其他一些好友，义无反顾地陪伴我走在这条充满艰辛的路上。

张文江送我的八个字"悠悠万事，一卷为大"，可谓意味深长。当时我给台湾的朋友刘俐写信，曾提到这种近乎"沉溺"的状态，具体怎么写现在想不起来了，但她略带调侃的回信我还保留着："读到你在译 Proust 的两三年间，失眠、忧郁，甚至六亲不认，我深觉不安。一直怂恿你去干这种呕心沥血的活，未免残忍。译一本书，必须与它朝朝暮暮，耳鬓厮磨，非得 amoureux（恋爱）才行。'失眠、忧郁，甚至六亲不认'，这倒像是 amoureux 的症候。"（这段话，我不止一次地引用过。我觉得它道尽了翻译普鲁斯特的辛苦，乃至辛酸。）

文采来自透彻理解:《追寻逝去的时光·第二卷·在少女花影下》

什么是文采,始终是萦绕在脑际的一个问题。说话有说话的腔调,写作也有写作的基调。刚开始翻译第一卷时,有很长一段时间,总觉得把握不好译文的基调。译着译着,就会不自觉地往华丽的路子上去铺陈。但越是往下译,越是反复看原文,就越是觉得惘然、迷惑,觉得不对路,感到无法传达普鲁斯特令人赞叹的精妙之处。这种感觉,以前翻译别的小说,包括翻译《包法利夫人》时,好像从来没有如此强烈过。

于是,第一卷的前百把页译稿,翻来覆去地改了又改。渐渐地,有个信念变得明晰起来,那就是翻译的文采来自对原文透彻的理解,来自感觉的到位。文采不等于清词丽句,更不应该是故作昂扬的"洒狗血"。文采这个宁馨儿,是理解和感觉的结晶。对福楼拜是这样,对普鲁斯特仍然应该是这样。

用了将近半年的时间摸索尝试、慢慢熟悉普鲁斯特这样一位在文学史上地位那么崇高的作家,是值得的。不仅第一卷后来的译事变得比较顺利,开译第二卷时,也不再那么彷徨、纠结了。即便如普鲁斯特这样伟大的作家,他的"声音"也并不如神谕那般缥缈不可即,而是平实的,清晰的,充满生活气息的,如同常人一样用真嗓说出的。他的文字有力,并不是因为他喊得响,他的文字美妙,也不是因为他耍笔花。普鲁斯特地位崇高,我对他有高山仰止之感，这是很自然的。但作为译者，我不能老是仰视他，而应该学会用平视的眼光去看待他的文字。只有这样，才有可能像他想的那样去想、像他感觉的那样去感觉。"高山仰止，景行行止"，我想对翻译而言，应该就是这个意思。翻译，当然需要技巧，但更重要的是需要有一个好的心态，那就是既要有敬畏感，又不要迷信，归根结底，要有一颗平常心。

  第二卷《在少女花影下》是得龚古尔奖的作品。它确实是一部写得特别美的小说。小说中有许多段落，都是让人看过以后难以忘怀的。好友涂卫群在为这一卷写的序言中，引用了一个段落"来表达阅读译文的总体感觉"："这群少女有如一团谐美的浮云，透过她们身上，散发出一种变幻不居的、浑然一体的、持续往前移动的美。"她认为："在这一卷里，普鲁斯特作为一位多才多艺的作家，将他诗人的才情、哲人的深思、小说家塑造人物的天赋发挥到极致。它是在普鲁斯特的才华处于最为平衡与充盈状态下完成的一卷。"这是普鲁斯特专家的真知灼见。

十四、惨淡经营和个人色彩:《追寻逝去的时光·第五卷·女囚》

译毕第二卷后,面临的选择是:译下去还是就此歇手?若译下去,是否循规蹈矩译第三卷?这样的选择,使我心里很纠结。最后,终于决定不按常理出牌,跳过第三、四卷,直接翻译第五卷《女囚》(*La prisonnière*)。一则,当年曾在译林版中译过这一卷开头约八万字。这八万字,现在回过头去看,似乎大体上还过得去。若以旧译为蓝本,可以稍稍偷点懒。二则,这一卷涉及文学艺术的内容多而精彩,这些段落令我心驰神往。

机缘凑巧,华东师大出版社王焰社长慨然同意我这种"颠三倒四"的译法,决定将此卷收入筹备中的"周克希译文集"。出版社的支持,是一种保障,也是一种督促。我在大幅度修改《基督山伯爵》旧译的同时,开始了第五卷的译事。

林斤澜曾评价汪曾祺写散文是"惨淡经营的随便"。翻译,说到底也必须惨淡经营。惨淡经营的译文往往会给人一种错觉,好像那很容易翻译,读者甚至会以为原文就是这样,译文不过是顺手随便写下来而已。这就像玻璃,越是加工得精细,所含的杂质越是少,你就越不容易感觉到它的存在(遇到擦得非常干净的玻璃门,我会一头撞上去,这样的事不止一次地发生过)。译者如果能像玻璃一样,让读者几乎感觉不到他的存在,仿佛直接看到了作者,那当然好。但一般而言,这种情况只是一种理想状态,翻译实践中很少出现。译文，几乎不可避免地会带有译者性格、气质、趣味等等的印记。不同的译本，之所以在读者眼中会显得很不一样，就是因为译者毕竟不是玻璃，他不可避免地会让细心的读者感觉到他的存在。

在小书《译边草》中举过一个例子。《女囚》的开头是这样的："街上初起的喧闹，有时越过潮湿凝重的空气传来，变得暗哑而岔了声，有时又如响箭在寥廓、料峭、澄净的清晨掠过空旷的林场，显得激越而嘹亮；正是这些声音，给我带来了天气的讯息。"其中，"又如响箭……掠过空旷的林场，显得激越而嘹亮"，实在是一种带有个人色彩的译文。原文中的 aire 是平地、空地，未见得就是林场；flèches 是箭，未见得就是响箭；"空旷的林场"，未见得有"宽广而又响声不绝的空地"来得贴近原文。但我按自己的感觉那样译了。如果换到现在，会不会译成另一个样子呢？说不准，恐怕也未见得。

翻译普鲁斯特的一大难点，是长句的翻译。据说全书七卷中最长的一句，就是第五卷中的这一句："长沙发从遐想中浮现在异常真实的新扶手椅中间，一张张靠背椅蒙上了玫瑰色的丝绸，牌桌上的镂花台毯俨然有着人的尊严，跟人一样有自己的过去，有自己的记忆，此刻……它们在雕镂、展示韦尔迪兰夫妇多处宅第的理想形态，让这种内在的形态具有灵性，充满生机。"我在电脑上看了一下字数统计，这一句共有 718 个字（中间的那个省略号是我加的，它代表了近 600 字）。不过，心里一旦有了"先感觉，后经营"的主心骨，不惜多花时间，不怕七改八改，长句也就不成其为"拦路虎"了。

只因为热爱:《译边草》

《译边草》是我写（而不是译）的一本小书，它记录了我"弃数从译"以来的心路历程。它的缘起，和杨晓晖（南妮）分不开。没有她的建议、督促和鼓励，就不会有陆续在新民晚报文学角刊登一年多的那些小文章，也就不会有《译边草》这本小书。代后记的题目"只因为热爱"，也是她为我取的。

在晚报上发表时，用的是"译余琐掇"这样一个专栏名。在准备把文章整理成一本小书出版的过程中，老友施康强建议剥用钱锺书先生《写在人生边上》的书名，就叫"写在译文边上"。我觉得这意思好。后来与萧华荣兄说起此事，他说：何不就叫"译边草"呢？我一听就喜欢这个书名。草，是小草，也是草稿；译边草，既有点空灵，也有点写实。一路走来的"译之痕"，确实只是一些小草，一些尚有待继续打磨的译品所留下的淡淡痕迹。

终有一别:《〈追寻逝去的时光〉读本》

　　普鲁斯特的《追寻逝去的时光》,我在译出第一、二、五卷以后,渐渐萌生一个想法:这部七卷本的小说,不妨有个选读的译本。

　　按说,好的文学作品是不宜作任何删节的。但有个现实的情况摆在眼前,使我不想坚守这个信条。这个令人多少有些气短的现实是,普鲁斯特这部翻译出来有两百多万字的巨著,肯下决心而又能有时间去完完整整地读它的读者,真是少而又少。看到法国作家法朗士的下面这段话以后,我更感到做个节选本是有理也有益的。1919年普鲁斯特的《在少女花影下》(《追寻》第二卷)参评龚古尔奖,当时已经七十五岁的法朗士表示不想读这本书,他叹息道:"人生太短,普鲁斯特太长……"这位阿纳托尔·法朗士可是普鲁斯特年轻时极为推崇的大作家,《追寻逝去的时光》中作家贝戈特这个人物,正是以法朗士为原型创作的。我们当下的社会,各种压力更大,跟普鲁斯特的长卷相比,我们的生命似乎更为短暂。如果能编一个《追寻》选读本,选取原作中的片段,原封不动地保留,然后把它们连缀起来,把故事脉络和人物关系交代清楚,也许可以让更多的人有兴趣、有时间、有勇气读它,让更多的读者领略普鲁斯特到底好在哪儿,激发阅读全部文本的热情。

这个想法，得到涂卫群的支持，她热情地同意和我合作，一起来做这件艰难而有意义的事情。我们对自己提出的要求，首先是要有颗平常心。有了平常心，才可能走得更远。

译后余墨:《追寻廿钞》

选本的段落选得较短时,有点像摘句,有的朋友看了,觉得倒也别有情趣。恰好这时上海图书馆手稿馆黄显功送我一叠笺纸,我一时兴起,用《追寻》的摘句作为内容,在笺纸上试写几页,只觉得这些笺纸质地紧密而又不滞不滑,比我曾经写过的那些宣纸(其实那也少得可怜)好得多。请教了黄主任,才知道这是上图定制的以饾版技法手工木版水印的笺纸。他鼓励我多写一些,我就鼓足勇气写了二十来张才歇手。黄老师特地请了周束谷、刘葆国两位先生为我刻了印章,至今未曾谋面的友人一毛兄也慷慨地刻了六方小印相赠。我的毛笔字没有功底,写的东西谈不上是书法作品,只是用毛笔字抄写的《追寻》译文而已。但三位篆刻家的印章,却为这"追寻廿钞"增色不少。

童心未泯：童书十六本及其他

《追寻》第五卷译毕交卷后，华东师大出版社又约译一套童书。看到他们寄下的十六本原版书，我心动了。这些法文绘本，篇幅长短不等，《丑小鸭》这样的安徒生作品，是一字不落的原文（当然，是法文，而不是丹麦文。但没作任何删节），《三只小猪》之类的童话，则是给年龄更小的孩子看的。难得的是，这些绘本的图都画得不俗，很大气。我心想，孙儿马上就要进幼儿园了，我若能译一些小书陪伴他一起成长，岂不是一件很有意思的事情吗？

这十六本书，译得很愉快。译《三只小猪》、《小拇指》时，我觉得自己还能想象、模仿孩子说话的口气。而译《丑小鸭》、《小锡兵》时，我感动得几乎难以自已。它们让我感到，自己的童心还没有泯灭。人要变老是没有法子的事。但我想，只要还有好奇心，还对学习新事物充满兴趣，心态就不算老。

翻译童书，对我来说是个新鲜的课题，除了这十六本法文书，我还应"耕林文化"之请，从英文翻译了彼得·纽维尔的《斜坡书》和《火箭书》。这是两本很有趣的书，前一本的外形是菱形（寓意"斜坡"，你甭想在书架上放平这本书），后一本中间有个洞，从第四页贯穿到书末——那是火箭（其实是烟火筒）射穿的洞。英语书，以前译得较少，但英语才是我的第一外语啊。

所以，译林来约译福尔摩斯时，我又接受了选一个中篇和若干短篇，重译一本"福尔摩斯探案选"的提议。

诗歌，过去我几乎没译过。前一阵看波德莱尔的诗集，有感于他的一些短诗之精美，我试译了《阳台》、《喷泉》等名篇，不求韵律工整，但求把原诗令人惊艳的美传达十之一二。翻译之路，依稀还在眼前延伸……

广西师范大学出版社《译之痕·周克希手稿集》（2015年9月第一版）辑封文字，略有删改。

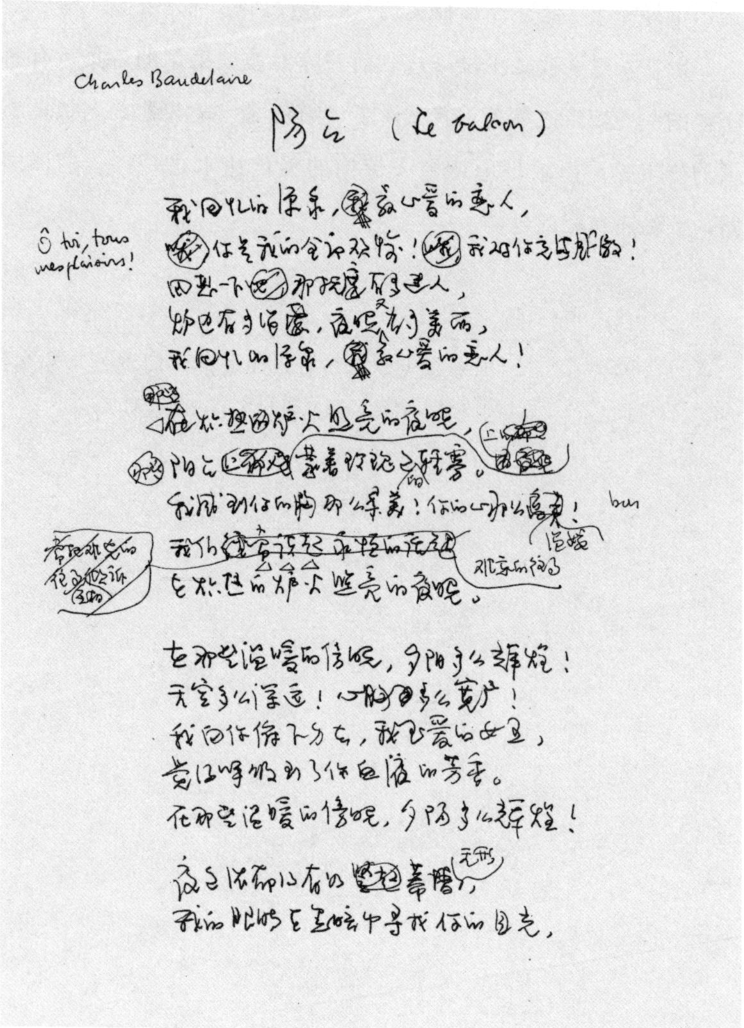

《阳台》翻译手稿（1）

阳　台

我回忆的源泉，最心爱的恋人，
你是我的全部欢愉！我对你充满感激！
请回想一下，那抚摩有多迷人，
炉边有多温馨，夜晚有多美丽，
我回忆的源泉，最心爱的恋人！

在炽热的炭火照亮的夜晚，
阳台的夜晚蒙着玫瑰色轻雾。
你的胸那么柔美！你的心那么温婉！
我们常把难忘的往事倾诉
在炽热的炭火照亮的夜晚。

那些温暖的傍晚，夕阳多么辉煌！
天空多么深远！心胸多么宽广！
我向你俯下身去，我至爱的女王，
觉得呼吸到了你血液的芳香。
那些温暖的傍晚，夕阳多么辉煌！

夜色浓郁有如幕墙无形，
我的眼睛在黑暗中寻找你的目光，

《阳台》翻译手稿（2）

我吮吸着你的气息,那么甘美!那么致命!
你的纤足在我温暖的手中进入梦乡。
夜色浓郁有如幕墙无形。

我知道怎样把幸福时刻唤醒,
重见往日的岁月在你膝间隐现。
若非在你亲爱的身体和如此温柔的心
还能去哪儿寻觅你忧郁倦怠的美?
我知道怎样把幸福时刻唤醒!

这些盟誓,这些芳香,这些无穷无尽的吻,
可会重生于禁止我们探测的深渊之中,
犹如太阳在大海深处洗去浮尘
焕发出青春升上天空?
——哦盟誓!哦芳香!哦无穷无尽的吻!

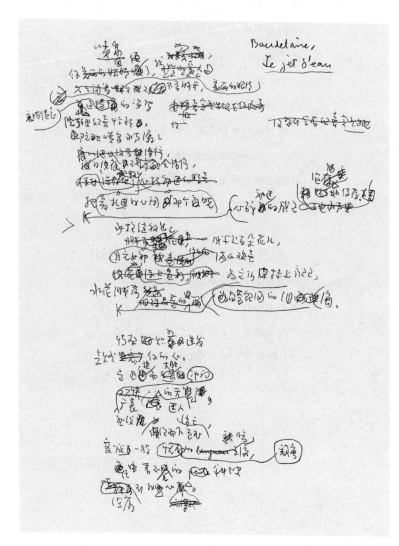

《喷泉》翻译手稿（1）

喷　泉

你困了，我可怜的爱人，
美丽的眼睛久久不曾睁开，
但这充满倦意的姿势
终于被欣喜惊醒。
庭院里的喷泉水声潺潺
日日夜夜不会消停，
把爱扎进我心间那个夜晚
心醉神迷的感觉温柔地保存。

水柱绽放出
成百上千朵花儿，
月亮女神满心欢喜
为它们抹上颜色，
水花溅落犹如
晶莹饱满的泪滴。

情欲炽烈迸发
点燃你的心，
它迅捷而大胆
冲向广袤迷人的天空，
然后倾注而下直至消亡，
变成一股颓唐的暗流，
经由看不见的斜坡
泻落到我的心底。

《喷泉》翻译手稿（2）

水柱绽放出

成百上千朵花儿,

月亮女神满心欢喜

为它们抹上颜色,

水花溅落犹如

晶莹饱满的泪滴。

哦你呀,夜使你变得如此美丽;

那是多么甜蜜啊,向你胸前俯下身去

倾听水池里永无休止的

吁叹和啜泣!

月光,喷泉,美妙的夜,

四周簌簌作响的树林,

你们纯洁的忧郁

是我爱情的映照。

水柱绽放出

成百上千朵花儿,

月亮女神满心欢喜

为它们抹上颜色,

水花溅落犹如

晶莹饱满的泪滴。

漫忆琐记

前辈

我和柯灵先生，是在马路边认识的。

那天走在复兴路上，看见有位面容熟悉的长者，像小学生那样挎着书包，在前面踽踽而行。我心念一动，趋前问可是柯灵先生；答曰是柯灵。原来他那段时间正构思一部长篇，为免受干扰，特地在附近租一小屋，每天背着书包去"上学"。在路边谈了一会，两人似都意犹未尽，遂同去前面不远处他的寓所继续谈。

此后多次去过复兴西路上的这个寓所。有一次谈到某位似乎早被"公认"的散文大家，他颇有微词，问我，那两个名篇"究竟有什么好？"这很出乎我意外。此后，我看名家的作品，也学着"拿出自己的眼光来"了。

那年头的前辈，但凡遇到对文学、艺术有点爱好的晚辈，都是这么毫不设防、倾心相与的。

有一次，为了桩什么事情，去裘柱常先生家。他和我聊起当年怎么做"塾师"（家庭教师），怎么翻译《毒日头》，怎么因鲁迅日记中提及而"得益"。他夫人顾飞女士见我们好像挺谈得来，主动问我："我画张画送侬好哦？"我一时反应不过来，顿了顿才说："好呀。"

几天后果然取来了一幅立轴山水画，上面有裘先生题的款："克希先生、文雄女士伉俪雅正"。当我得知顾飞是黄宾虹很看重的女弟子时，我才了解这幅她"硬要"送我的画有多珍贵。

1997年译文社拟出《作家谈译文》一书，我去王元化先生家请他题写书名。他提起毛笔，一口气写了四遍，横竖各两张，说"给你挑"并留饭，边吃边谈。记得他特别称许老舍和黄裳。

他曾建议我翻译纪德的作品，并愿意为我物色出版社。但当时我好像已经有意译普鲁斯特，没能接受他的这番美意。

有一次去，适逢他外出，于是和他夫人张可谈了起来。张老师当年是位极其能干的才女，早些年我去作客，领略过她把每位来客都照顾得很好的"沙龙"女主人风采。据我的好友、她的表弟许庆道说，她翻译《莎士比亚研究》时边看边译，手起笔落。那天谈着谈着，眼看又到饭点了，我起身告辞。不料张可怎么也不肯放我走，守住房门，张开双臂像小孩玩"老鹰捉小鸡"似的，非要拦我下来。我终于犟不过她，留下来吃了晚饭。

张可去世后有一段时间,元化先生长住在离家不远的一个宾馆里。一天我和萧华荣同去看他。进得屋去,只见他光着上身,正在写东西。看我们有些惊讶的眼神,他解释说,身上发疹子,穿衣服就痒,所以干脆赤膊。见他神色坦然,与华荣兄谈今论古,我暗想此岂非魏晋名士风度耶。

童趣

　　一日陆灏兄请饭，席间我说起孙儿叫载欣。陆灏略带诧异地问："是《说岳》里杨再兴的'再兴'？"我说不是《说岳》，是陶渊明。他接口就说："哦，'乃瞻衡宇，载欣载奔。'"

　　解人难得。载欣的名字，经常被读错。既然是"载欣载奔"，跟"载歌载舞"是相同的模式，"载"就该读第四声才对。好些人，却往往读成第三声。解释的次数多了，难免会欲说还休。

　　载欣不足三岁时，带他去鼎泰丰吃小笼。他爸爸点了一笼枣泥馅的，我随口说："甜的小笼，真是怪东西。"载欣在旁边说："爷爷讲的是贬义词。"我们觉得意外极了。细究缘故，才明白跟一月前的事有关。当时他一本正经地对奶奶说："奶奶下次不要叫我坏东西好哦？"奶奶说好的，下次不叫了，不过这里的"坏东西"其实是褒义词，不是贬义词，是因为奶奶太喜欢你了，才这么叫的。想不到他居然听懂了，而且在适当的语境下，还用对了。

　　吃，也许是最早进入孩子阅历的内容。爸爸妈妈带载欣去了次长风公园。他开心地告诉我们，满脸天真地说："我还以为是肠粉公园呢。"他那时喜欢吃滑糯的肠粉，听见陌生的"长风"

二字，马上想到了熟悉的肠粉。去襄阳公园回来，他又笑嘻嘻地说："我以为是香肠了。"天冷，给他暖宝宝捂手，他问："暖宝宝和汉堡包有啥不一样？"

好友的女儿 Laura 在美国出生，小时候先后在香港、上海读书。念书对她来说，好像实在太容易了。她爸爸有次感喟说，女孩最好不要数学太棒。几天后 Laura 怯生生地对爸爸说："Daddy，对不起，我数学又得了 A plus。"

法语培训中心开班，她对妈妈说想去学法语。妈妈就给她报名，但人家说这是成人班，她才九岁，恐怕不行。妈妈说她很乖的，请让她在课上听听吧。对方答应了。过了一段时间，有一次考试。Laura 回家对妈妈说："这次考试，只有两个人通过。"妈妈赶紧安慰她说："没通过没关系的。"她又说："两个人中间，有一个是我。我俩一个 100 分，一个 60 分。"妈妈忙说："60 分也很好了。"她接着说："那个 100 分，是我。"她妈妈跟我们学她说话慢条斯理、不惊不乍的样子，大家越想越好笑。

去苏州慢书房，认识了女主人羊毛和她的女儿许未来。女儿的名字来自徐志摩的"许我一个未来"，很有诗意。羊毛的一个女友喜欢这个名字，打算给自己即将出生的孩子也取这个名字。羊毛一听，忙说不妥。原来那个女友的丈夫姓吴。吴未来，谐音岂不是"无未来"。

琴声

我的岳父毛楚恩，是意大利小提琴家富华（Arrig Foa）的学生，和谭抒真先生师出同门。在上海交大读书时，他和钱学森都参加了校乐队，他拉小提琴，钱先生吹圆号。

他还学过长笛（香港影片《清宫秘史》后期配音时，制片厂从上海工部局乐队借调了三个乐队成员：指挥黄贻钧，小提琴谭抒真，长笛毛楚恩），当年报考工部局乐队，凭的正是长笛。考题是视奏一首降 G 大调的曲子。面对一份有六个降号的陌生乐曲，立时就要演奏，难度是很大的。他灵机一动，干脆按 G 大调来视奏，这样一来，乐曲升高了半度音，而所有的降号就都可以无视，只要把一个音吹高半度就行了。

半度音的差别，细微到一般人的耳朵都难以辨别，但主考官是富华的老师梅百器（Mario Paci），他的耳朵应该是骗不过的。然而他居然放了一马，让毛楚恩通过。（事后他说，他是赏识这点小小的即兴应变能力，所以"网开一面"。）录取后，分在了小提琴声部，乐队整编成上海交响乐团后，仍是小提琴演奏员。

"文革"中他自然成了工宣队的监管对象。一天吃罢午饭，他在一张长板凳上小睡。两个工宣队员走过看见，大为惊奇，相顾而言:"迭个人问题介严重,还睏得着!"("这个人问题这么严重,居然还睡得着?")

"文革"中的一个夏夜,他悄悄地为家人拉几首小提琴曲。演奏尚未终曲,只听有人轻声叩门。乐曲戛然而止,气氛无比凝重。倘若门外是"革命群众",罪名是难逃的。硬着头皮去开门,只见门口站着几个年轻人,彬彬有礼地说,他们是循着轻轻飘荡在夜空的乐声找过来的,希望能当面聆听演奏。人心难防,我岳父还是婉拒了他们。

他是傅雷的好友。"文革"前,傅雷打桥牌总让他做"搭子"。我问过他,傅雷牌品如何,他笑着说不怎么样,输了爱发脾气,怪这怪那。后来见我对翻译兴趣渐浓,他告诉我傅雷有个习惯,每天译得的文字(千字左右,不会很多),常在晚饭后念给围坐的家人听。这个很有画面感的场景,定格在了我的脑海中。

傅聪小时候离家出走,寄住"毛伯伯"家两周之久。傅雷赌气不理,最后还是梅馥去接儿子回家。此事《傅雷家书》中似有记载。傅聪成名且得以回国后,几乎每年都来看望毛伯伯。我在旁听他俩叙旧,不止一次想请傅聪先生即兴弹一曲,终因顾忌琴不够好,始终未敢造次。倒是有一次潘寅林来借谱(记得好像是帕格尼尼的《钟声》)时,我鼓足勇气请他演奏一曲,他爽气地答应,拉了首曲子。如此近距离地听名家演奏,感觉真是美妙。

陕南村

曾经住在陕南村，几经搬迁，才搬到了现在的住所。两处的建筑，据说是由同一位建筑师设计的。清水红砖的饰面，外墙拉毛的风格，都很相像。室内钢窗和画镜线的样式，天花板和墙壁衔接的弧线，乃至门上的球形玻璃把手，也都在暗示这种同一性。

当年很火的电视剧《孽债》，内景在陕南村拍摄，外景大多取自我们这儿。现在的有些电视剧中，也能看到这种"混搭"的场景。

当然也有不同之处。比如说，陕南村的钢窗是往里开的。我半大不小的那会儿，蹲在窗下猛一起立，就会出现头破血流的一幕。头撞多了，人就笨了。出陕南村，沿陕西南路往前走没几步，当时是一所疗养院。院子沿街的木门上，挂着一块牌子：

狗心当

每次走到这儿，我必屏息疾趋而过，心中暗想：真恐怖，狗心居然拿来当钱!——我想不到,这三个字(按写的人的阅读习惯)是要从右往左读的。

陕南村旧名亚尔培公寓,弄堂里(旧时无小区一说,统称弄堂)颇有一些名人。王丹凤住在紧邻我家的那幢楼里,我们见到的她,全无明星架子,走在弄堂的小道上,至多只是戴个口罩而已。我家的保姆,有一阵去她家帮佣,偶尔抽空回来看我们时,从不在新主人背后说长道短,我们也绝不会想到去打听点什么八卦——当时的脑子里没有这根弦。稍过去些,是陈叙一先生家,平时我们没有来往。后来有一次,我在巴黎时去机场送人,偶遇他和特伟在那儿转机,蓦然生出他乡遇故人之感,迎上前去和他聊了一会儿。再往前,一棵高大的榆树下住着黄裳先生,他就是在那儿写的《榆下说书》。

弄里名医尤多。我家住的这幢楼里,就有好几位。底楼的牙科杨医生,当年从国外留学回来,带来一批好器材。有要人前来就医时,弄堂里会有暗哨出没。二楼的周医生,是仁济医院的骨科主任。三楼的林医生,是部队编制的内科专家,少将军衔,热天常见勤务兵上门送西瓜。四楼的傅培彬医生,是国内有名的外科大夫,做过广慈医院(现在的瑞金医院)院长。

"文革"后我去巴黎高师进修,曾小小地接待过傅培彬和邝安堃两位名医。他俩作为医学访问团成员出访法国时,我陪傅家伯伯和邝先生在巴黎街头游览。路过街边的餐馆，邝先生常会驻足细看橱窗上的菜单。看下来，总觉得太贵了些。于是，我建议请他俩一起去巴黎高师的餐厅就餐。我有餐厅的餐券；餐厅按人头收券，菜肴好而不贵。

整个"文革"时期，我都在陕南村度过。家里的两个房间，有一个曾关闭三年之久。直到婚事迫近，我再三申请，封条方被撕下。打开房门，只见地板上积尘已有寸许。

位育

蒋文生先生当时在学生眼里，已然是位老夫子：臂肘支在讲台上，微微向前倾着身子，目光从镜片后凝定在某个学生脸上，声音徐缓而多停顿。但现在想来，他教我们高中语文课时，应该只有三十多，不到四十岁，不能算老。他激赏归有光的散文，当他带着浓重的无锡口音诵读《项脊轩志》课文时，乡音被赋予了一种亲切而令人难忘的感情色彩。

刘光坤先生不仅烫头发，而且着旗袍穿高跟鞋，在那个年代，这是很特立独行的。她先是教我们英文，后来又教我们数学。记得那时的课程很前卫，教学内容中有极限概念，但刘先生说着一口好听的京片子，应付裕如。"文革"中，她曾愤然挣脱红卫兵的纠缠，逃过了被剃"阴阳头"的无妄之灾。她的父亲刘湛恩、母亲刘王立明都是不畏强梁、留名青史的民主人士，在她身上，能看到他们的风骨。

黄孟庄先生教几何、代数两门课。当时的几何课本脱胎于《几何原本》，编得极好。黄老师的教学，使我领略到了课本推理严密、"无一赘字"的逻辑之美、语言之美。我日后在复旦数学系选读微分几何专业，潜意识里无疑受了黄老师的影响。

初中也是在位育读的。回想起来，印象比较驳杂。最深的印象是上课看小说。小说书放在课桌抽屉边上，稍一低头就能看到。当时看书之多、之杂、之快，现在想来有恍若隔世之感，到底看了哪些书，几乎都忘记了。还能想得起来的，除了《傲慢与偏见》，好像就是《匪巢覆灭记》和《马列耶夫在学校和家里》。

离学校不太远的国泰电影院，是我们心爱的地方。下午四点多钟有个学生场，我们每星期差不多总要去两三次。印度影片《流浪者》当时风靡一时，年级里有个同学，据说看了十二遍（影片分上下集，十二遍就是二十四场哦）。我最喜欢的影片是《勇士的奇遇》（也叫《郁金香芳芳》），演芳芳（当时海报上用这个女性化的译名）的法国演员钱拉·菲利普和演阿德琳的意大利女演员吉娜·罗洛布里吉塔，我终生难忘。还有部日本影片《这里有泉水》，讲的是几个音乐家到麻风病院去为病人演出的故事。由于片中有许多演奏名曲的桥段，我当天看了一遍，第二天马上又去看一遍。

那时年纪小，常常会犯浑。有位姓万的地理老师，是印度尼西亚归侨。我们顺手从课本上拈来印度尼西亚的一个地名，给她取了个绰号叫"加里曼丹"。有一次，教室没关严的门上，高高地搁着黑板擦，她一推门，黑板擦落将下来；与此同时，教室四角位置上的同学依次起立高喊："加—里—曼—丹—"。她当场流下了委屈的泪水。现在回想起许多年前的这一幕，只觉得对不住她，真希望还能对她陪个礼道个歉。

复旦

甫进数学系,在梯形教室上大课,授课的都是有名望的老教授。数学分析课由系主任陈传璋主讲。一次我们几个同学在图书馆,误了上课的点,赶到教室门口,即被陈先生厉声喝住。几个因没有手表而迟到的可怜虫,只得当着一百多个同学的面,在梯形教室进门处罚站十分钟。教高等代数的,是黄缘芳先生(我相信自己没记错,老先生的名字里的确用了"芳"字),他长得像好兵帅克,圆脸短发,脾气也真的好。孙振宪先生说一口苏北话,他教解析几何与众不同,三根坐标轴不称 x、y、z,而用希腊字母称 ξ、η、ζ。其中的 ξ,读音跟"克希"很相近。听孙先生的课,我仿佛时时听他点名一般。

那年头虽无大的政治运动,但小"运动"似接连不断。就连捉蚊子,也带有运动的色彩,每人每天捕蚊几何,都要统计上报。暮色苍茫、夜色四合之际,众多学生手执涂满肥皂的脸盆,伫立在登辉堂前的大草坪上,嘴里嗡嗡有声,待得蚊子聚集到头顶上方时,举起脸盆迅速挥扫。那场面颇为壮观。

印象中,当时我们都较疲劳,上课时有人撑不住,就会打瞌睡。金福临先生来上复变函数大课,见到有人打瞌睡,怒从胆边生,抄起手边的粉笔头掷将过去。可惜偌大的梯形教室里,要准确命中一个目标并非易事。往往是那个同学安然无恙,邻近的某个同学却遭了殃。

讲课最有声有色的,当数夏道行先生。他讲的实变函数论,是很艰深的。但听他讲课,真有点像享受。一个大定理,先从已知条件讲起,条分缕析,理清它们的脉络,然后考察所需求证的结论,往上推衍通过哪些步骤即可证得结论。一边讲一边板书,等写满四块黑板(大教室的黑板是可以上下拉动的),已知条件和求证结果越靠越近,终于在下课铃声响起前,契合在了一起。时隔多年,具体的数学内容我已记不清了,但夏先生讲课的风采至今难忘。每次听他这么娓娓道来,我总觉得他不是在复述那些定理的证明过程,而是在亲力亲为当场推演证明它们。

校园里讲座很多。我去听过外文系伍蠡甫先生(他父亲是翻译《侠隐记》的伍光建)讲艺术史、中文系朱东润先生讲书法。印象最深的是评弹名家赵开生的讲座。当时由他作曲、余红仙演唱的评弹开篇《蝶恋花》红遍大江南北。于是中文系请他来讲开篇的创作经过。他逐句介绍构思时受哪些意象和曲调的影响。例如,写到"吴刚捧出桂花酒"时,他脑海中出现的是京剧黑头(花脸)的形象,所以这一句听上去有京剧花脸粗犷的味道。

跨系旁听，也是受鼓励的。我看了影片《献给检察官的玫瑰花》，得知影片的翻译是外文系的董问樵先生以后，慕名去听过他上的德文课。那时的学生，就是这么任性。